BRAȘOVEANU

RODICA OJOG-BRAȘOVEANU (28 august 1939 – 2 septembrie 2002), celebră autoare de romane polițiste din România, a urmat primele clase la Școala „Maison des Français“, continuându-și educația la Liceul „Domnița Ileana“. A început apoi cursurile Facultății de Drept din București, dar, după doi ani, în 1956, a fost exmatriculată pe motive politice. După un an de muncă necalificată la fabrica de medicamente Galenica, a reluat studiile de Drept, de data aceasta la Iași. După absolvire a început să profeseze avocatura. În 1969 a debutat cu un scenariu de televiziune, iar primul roman polițist, *Moartea semnează indescifrabil*, pe care l-a publicat în 1971, l-a scris la insistența soțului ei, actorul Cosma Brașoveanu. După șapte ani de practică a renunțat la avocatură și s-a dedicat în întregime scrisului. Până în 1999, a publicat treizeci și cinci de romane, majoritatea polițiste, câteva istorice și unul științifico-fantastic. Este considerată marea doamnă a literaturii polițiste românești. Dintre volumele sale amintim: *A înflorit liliacul* (Editura Nemira, 2004), *Coșmar* (Editura Nemira, 2004), *Răzbunarea sluților* (Editura Nemira, 2001, 2006, 2009, 2018), *Necunoscuta din congelator* (Editura Nemira, 2000, 2006, 2018), *Grasă și proastă* (Editura Nemira, 2000, 2006, 2009, 2018), *Logofătul de taină* (Editura Nemira, 2008, 2012), *Agentul secret al lui Altîn-Bey* (Editura Nemira, 2008, 2011), *Ochii jupâniței* (Editura Nemira, 2008), *Vulturul dincolo de Cornul Lunii* (Editura Nemira, 2008), *Dispariția statuii din parc* (Editura Nemira, 2008, 2013), *320 de pisici negre* (Editura Nemira, 2001, 2008, 2012, 2013), *Al cincilea as* (Editura Nemira, 2000, 2004, 2008, 2011, 2014), *Poveste imorală* (Editura Nemira, 2008, 2012), *Telefonul din bikini* (Editura Nemira, 2008).

RODICA OJOG-BRAȘOVEANU

CIANURĂ PENTRU UN SURÂS

Ediția a VI-a

NEMIRA

Coperta: Oana BĂNDĂRĂU, Ana NICOLAU

Descrierea CIP a Bibliotecii Naționale a României
OJOG-BRAȘOVEANU, RODICA
Cianură pentru un surâs / Rodica Ojog-Brașoveanu. -
Ed. a 6-a. - București: Nemira Publishing House, 2019
ISBN 978-606-43-0431-5

821.135.1

Rodica Ojog-Brașoveanu
CIANURĂ PENTRU UN SURÂS

Tehnoredactor: Magda BITAY
Lector: Dușa UDREA-BOBOREL

Tiparul executat de tipografia PAPER PRINT INVEST.

ISBN 978-606-43-0431-5

PROLOG

Femeia îmbrobodită în dantelă albă ţinea pleoapele uşor coborâte. Buzele rumene zâmbeau în spatele evantaiului. Gâtul...

Colonelul Werther von R. îşi întoarse privirea. Gâtul alb, umflat, gâlgâind parcă a râs, a şoaptă, a ţipăt nedesluşit, îi crea un sentiment tulbure. Un sentiment ce nu-l încercase nici în faţa trupului elegant al Olimpiei, nici în faţa goliciunii caste, de argint, a zeiţei lui Giorgione. Rubens, cu tonele lui de carne roz, îl indispunea. Degas era prea dur, Gauguin, un neruşinat...

Surâse: „Goya, satirul acela bătrân, era singurul care ştia câte ceva despre femei..."

Se auzi un ciocănit puternic în uşă.

– *Herr* Oberst! Pentru Dumnezeu, *Herr* Oberst!

Înfăşură pânza şi se apropie de scrinul greoi, baroc. Apăsă tare unul dintre lambriuri. Stema heraldică alunecă uşor. Pipăi, strecurându-şi degetele adânc în ascunzătoare. *Vânătorul* lui Rembrandt era acolo. Puse alături *Femeia cu evantai* şi astupă tainiţa.

În urma colonelului intră menajera. Privi nedumerită rama ştirbă, agăţată strâmb. Pe fereastră pătrundeau zgomote ciudate: pași care aleargă, chemări scurte, rafale de armă automată. Un bubuit prelung, neîntrerupt, porni dinspre Băneasa.

Închise geamul și trase draperia. Ochii îi alunecară cu indiferență peste filele calendarului. Înregistră data abstract: o zi de la sfârșitul verii lui '44.

Un grup de civili cu puști-mitralieră și brasarde tricolore la mâneci somă Mercedesul negru. Automobilul mări viteza.

Rafala pulveriză parbrizul și șoferul căzu peste volan. Un fir de sânge se prelingea pe tâmpla lui Werther von R.

Ultima imagine – femeia cu grumaz alb și evantai – se suprapuse peste celelalte. Zâmbi:

„Nimeni... Pentru totdeauna... A nimănui..."

Oamenii deschiseră portiera. Trupul colonelului se prăvăli pe caldarâm.

1

DUPĂ TREIZECI DE ANI

Mihai Panaitescu pătrunse în holul întunecos inhalând lacom aerul cald. Se împiedică izbindu-se dureros de scrinul greoi din capătul încăperii. Fusese cândva o piesă elegantă cu linii trufașe. Anii ciuntiseră ciucurii stemei heraldice, așternuseră o crustă groasă de praf în pliurile florilor scobite în lemn. Pe placa de marmură plesnită stăteau cocoțate două borcane uriașe cu gogoșari, legături de leuștean și pătrunjel erau puse la uscat. Cutia cu otravă pentru gândaci emana un miros pătrunzător. Panaitescu strivi între dinți o înjurătură și intră în odaia lui masându-și piciorul lovit. Se dezbrăcă așezând hainele într-o ordine pedantă, apoi se întinse pe pat.

Începu un exercițiu pe care-l practica de ani întregi: calcule complicate cu numere de cinci-șase cifre, înmulțiri, împărțiri, extrageri de radical rezolvate mental. Într-un târziu, renunță. Nu se putea concentra. Visul, visul acela blestemat, îl urmărea.

...O corabie cu catargul rupt, desprinsă de țărm... Valurile sunt roșii. Din baia de sânge ies brațe ca niște căngi care se agață de punte și trag...

Avu certitudinea unei nenorociri și simți că i se face frică.

Grigore Popa se apropie de fereastră. Noaptea era senină și geroasă. O lună de sticlă filtra întunericul în transparențe albăstrii. Trecători cu nasuri umede și urechile roșii mergeau repede, crispați ca niște păpuși mecanice. Aproape că le-auzea scâncetul încălțămintei pe zăpada înghețată.

Se apropie de biroul vechi cu ornamente de bronz. Deasupra atârna fotografia unui grup de tineri: „Liceul militar din Craiova, promoția anului 1921".

În ochi i se aprinse un licăr de satisfacție.

„Cretinii! Tudor a murit pe front... Și Gherea, și Vasiliad... Idiotul de Popovici s-a împușcat că nu-l iubea nevastă-sa. Hm, nu-l iubea... Iliaș dispărut, pe Rădoi l-a isprăvit diabetul... Ceva în familie... Și taică-său, generalul... Cretinii..."

Se căută jos, în marginea fotografiei. Un tânăr subțirel cu privire neagră, piezișă și un ușor început de chelie. Puse degetul pe carton. El era viu... Trăia...

Rupse foaia calendarului privind îndelung data: „7 decembrie 1974... Extraordinar! Cum fuge timpul, domnule!"

Făcu lumina mică și dădu drumul în surdină la aparatul de radio: „Aici Radio Europa liberă..."

Melania Lupu scoase un oftat de mulțumire. Pasiența se tăia pe decari – belșug – și pe ași, adică bucurie și izbândă în chestiuni oficiale. N-avea nicio problemă oficială de rezolvat, dar asta nu însemna nimic. Oricum era bine.

Dădu jos motanul care-i adormise în poală și cu pași mărunți se îndreptă spre oglindă. Își șterse obrazul mic cu un tampon înmuiat în lapte de castraveți, apoi strânse părul alb, buclat într-un tulpan subțire. Deschise scrinul cu gesturi furișe și scoase dintr-o pungă două bomboane fondante. Ezită o clipă și mai luă una. Se vârî în așternut, cu un chicotit înfundat. Strânse între picioarele înghețate cărămida fierbinte și stinse lumina. Șopti cu gura încleștată de șerbet:

– Unde am rămas, draga mea? Eram deci în insulele Bermude. Un prinț excentric pe care-l cunoscusem la Istanbul...

În odaia goală, femeia visa cu ochii deschiși. Povești exotice cu prinți indieni și apași seducători, îndrăgostiți de bătrânica șubredă, înghesuită în patul de bronz. Vorbele se rostogoleau, susur limpede veghind somnul motanului.

Târziu, adormi strângând în brațele ofilite cărămida care se răcise.

Doru Matei crăpă ușa aruncând priviri furișe. Din odaia lui Grigore Popa răzbătea un glas cu intonații specifice. Îi veni să râdă: „De aproape treizeci de ani!..."

Traversă holul în vârful picioarelor și se strecură ca o umbră pe ușa bucătăriei. O încăpere cu șase mașini de gătit, șase dulăpioare agățate în perete pentru vase, șase rânduri de oale...

Ascultă zgomotele din casă, apoi începu un joc ciudat. Manevre tainice, precipitate. Deschise cuptorul unui aragaz băgând mâna în oala încă fierbinte. Degetele alunecară în sosul gras dibuind o bucată de carne.

„Aha, tocană... Nenorocita gătește bine. Normal, vrea să se mărite..." Intră cu brațul mai adânc până la subsuoară: „Un șnițel nu se cunoaște..."

Puse totul într-o farfurie și trecu indiferent pe lângă aragazul lui Panaitescu: „Ăsta mănâncă parizer la jurnal..."

Ridică un capac: „Vâlcu! Iepure cu ciuperci. Chestii fine! Șnapanul e plin de bani..."

Înghiți la repezeală câteva linguri, mai subtiliză o ceapă și un pumn de minciunele din dulăpiorul Melaniei Lupu și părăsi bucătăria.

Valerica Scurtu își perie îndelung părul decolorat. Avea o față pământie, fără pometi. Pe buza subțire cu colțurile coborâte îi răsărise un herpes. Se desprinse oftând de oglindă și începu să se plimbe prin cameră. Se oprea din când în când și ridica scame invizibile. Lucrurile străluceau de curățenie. Vitrina șifonierului cu ceștile de cafea așezate într-o rână, să se vadă mai bine desenul, cristalul de pe masă care strivea un macrameu minuțios brodat, bibelourile naive așezate pe marginea studioului, cele patru volume verzi de enciclopedie cumpărate de la anticariat. Nu le deschisese niciodată, dar făceau frumos în raftul de lângă fereastră, așezat de o parte și de alta a pisicii de porțelan...

Își strânse șalul de lână în jurul umerilor slabi. Peste drum, la etajul III se aprinsese lumina. Bărbatul brun, în pijama, citea ziarul. Îi vedea doar capul. După o jumătate de oră, va căsca, va învârti deșteptătorul, apoi, cu o mână ridicată leneș, va stinge veioza. Îl pândea mereu, neștiută, din spatele perdelelor.

Se simți brusc singură și începu să plângă.

„Trebuie să-mi fac un ceai", hotărî Valerica Scurtu apăsându-și palma sub coastă. Durerea mocnea. Peste o jumătate de oră avea să devină insuportabilă.

Îmbrăcă oftând capotul și ieși în hol. Trecu indiferentă pe lângă ușile înalte, cu clanțe de bronz. A Melaniei Lupu era cea mai lustruită. De cheile lăsate totdeauna afară atârnau clopoței albaștri, lucrați cu iglița. Preșul lui Grigore Popa fusese asigurat cu sârmă și două șireturi de piele bătute în ușor. Să nu-l fure cineva... Ușa lui Panaitescu, mută, oarbă, fără cel puțin o carte de vizită, nu lăsa să se ghicească nimic. Dar ea îl cunoștea bine. Pe el și pe nevastă-sa... Doi fluieră-vânt! Gabardină, mătăsuri și mănâncă ce-a rămas pe fundul lingurii. Reflex, ridică bărbia în dreptul odăii lui Doru Matei. Un escroc! Muieri, vorbe deșucheate... Nopțile sunt un adevărat scandal...

Scoase un țipăt ușor. Pe zidul din spatele scrinului, o hartă udă își lățea contururile. Un firicel de apă curgea de sub mobilă înaintând spre mijlocul odăii.

– Inundație! țipă bătând cu pumnii în prima ușă. Ne inundă!

Popa deschise prudent, rostogolindu-și ochii mici. Părea că adulmecă.

– Ce-i? mârâi iritat, hotărându-se în sfârșit să iasă.

Prin ușa întredeschisă se vedea patul neatins.

– Ne inundă! repetă Valerica Scurtu.

Se repezi apoi la scrin încercând inutil să-l împingă.

– Ce s-a întâmplat? se interesă Panaitescu.

Omul se mișca ușor. Nu-l auzeai niciodată în baie, în bucătărie, când umbla la ușă. Cu nevastă-sa vorbea totdeauna în șoaptă, ca niște conspiratori.

Tremura de frig și-și fricționa brațele goale. Pijamaua veche avea mânecile scurte, tăiate probabil acolo unde coatele nu mai putuseră fi cârpite. Frizura, de obicei atent încropită din părul lăsat să crească deasupra urechilor și savant adus apoi cu o periuță de dinți peste țeasta goală, atârna în șuvițe țepene.

– Pune mâna! Nu vezi! țipă Valerica Scurtu. Cade casa pe noi!

Melania Lupu apăru zâmbitoare în prag:

– Ce faceți, copii?

Dădu cu ochii de zidul ud și înaintă fragil, speriată, cu pași mici.

Împingeau mobila greoaie, înțepenită de ani buni. Panaitescu scrâșnea, opintindu-se din greu. Valerica Scurtu se agita isteric, împiedicându-se de bătrână. Grigore Popa simula efortul, lăsându-i pe ceilalți să se căznească.

Se auzi un hohot de râs și o voce puternică, joasă, îi apostrofă:

– Clubul francmasonilor! Ce naiba moșmondiți acolo?

Era un bărbat de douăzeci și opt sau treizeci de ani, bine clădit cu fața măslinie și trăsături neregulate. În ciuda nasului puțin deviat, a gurii prea subțiri și a obrazului asimetric, emana un farmec deosebit. Ochii, deschiși, aveau un zâmbet al lor, plin de lumină.

Valerica Scurtu îi aruncă o privire de otravă. Tânărul, doar în slip, se apropie alene, cu o curiozitate amuzată. Mirosea ușor a lavandă și a încă ceva nedeslușit.

– Trebuie să chemăm pe cineva, gâfâi Panaitescu îndreptându-și spatele.

– Cine-ți vine la două noaptea?

– Să închidem în orice caz apa, propuse Grigore Popa.

Când vorbea, deschidea foarte puțin gura. Cuvintele se strecurau greu, șuierate.

– Domnule Matei, zâmbi bătrâna, poate vreți dumneavoastră să împingeți în locul meu. Părea să facă totală abstracție de ținuta tânărului, iar ochii nu coborau mai jos de bărbia acestuia. Am să închid eu apa la bucătărie.

– Ia dați-vă la o parte!

Matei își propti mâna în buclele stemei heraldice, sprijinindu-și umărul de muchia scrinului. Simți că degetele îi alunecă. Lambriul se deplasase descoperind o tainiță. Oamenii se priviră surprinși.

– Extraordinar! suflă Panaitescu. Stau de douăzeci de ani în casa asta și habar n-am avut.

Valerica Scurtu se ridicase pe vârful picioarelor încercând să vadă peste umerii celorlalți.

Matei băgă mâna înăuntru și scoase două suluri de pânză. Îl desfăcu pe primul fluierând subțire.

O femeie cu broboadă de dantelă le zâmbea din spatele evantaiului.

2

CIANURĂ PENTRU UN SURÂS

Pe buzele Melaniei Lupu surâsul încremenise. Simțea în ceafă răsuflarea precipitată a lui Panaitescu. Bărbatul gâfâia cu gura căscată. Nu-și putea desprinde privirea încinsă de la silueta elegantă, înveșmântată în negru. Grigore Popa duse mâinile la spate. Ar fi mângâiat cu degetele bătrâne grumazul alb pe care-l simțea cald, viu.

– Ești sigur? se interesă bătrânul. Tichia îi alunecase spre ceafă, descoperindu-i creștetul ca o ghiulea. Rembrandt, Goya... Mi se pare de domeniul fanteziei.

Matei netezea marginile pânzei, râzând nervos:

– Ei, bravo! Nu vezi facturile? Și pe urmă sunt de meserie. Atât pot să disting și eu. Un fals de un autentic. E clar!

Grigore Popa clătină neîncrezător capul.

– Dumneata ești sculptor, remarcă Valerica Scurtu lividă, pe un ton care nu voia să conteste, ci cerșea asigurări.

Panaitescu nu-și revenea. Măsura pânzele cu ochi lucioși, îngânând stupefiat:

– Extraordinar! De douăzeci de ani... Cine știe cine...

– Sunt ale neamţului care a stat aici! decretă Matei. Pun pariu pe ce vreţi!

– Cred că e o cacealma, mârâi Popa abia mişcând buzele umede.

Melania Lupu interveni liniştită:

– Nimeni nu şi-ar fi bătut capul să ascundă atât de bine nişte falsuri.

Matei subtiliză expert o ţigară din buzunarul lui Panaitescu:

– Absolut!

– Cam cât... Valerica Scurtu înghiţi în sec: Cam cât să valoreze?

Sculptorul îi suflă fumul în nas cu un zâmbet impertinent:

– Sute de mii, domnişoară! Sute de mii!

Femeia păru că se sufocă.

– De... lei?

– Lei! făcu dispreţuitor Grigore Popa. Lei, pe dracu'! Dolari!

– Ne-a pus Dumnezeu mâna în cap, ascultaţi-mă pe mine! spuse sculptorul.

Panaitescu îl privi lung:

– Ce vrei să spui?

– Nu cred că mă pot exprima mai limpede decât am făcut-o. Ne umplem de bani!

– Adică?

– Extraordinar! Spune-mi, te rog, toată viaţa ai fost aşa de tâmpit?

Ochii Valericăi Scurtu străluciră:

– Înţeleg. Le predăm statului. O să ne dea un premiu...

– Şi o caldă strângere de mână, completă sarcastic Matei. Grigore Popa mormăi neauzit:

– Cretină!

– Chestia e cum le plasăm. Sculptorul începu să strângă pânzele. Trebuie mers pe șest.

– Cum adică, domnule Matei? se interesă Melania Lupu clipind nedumerită.

Instinctiv, coborâseră glasurile. Vorbeau aproape în șoaptă, înghițindu-și mereu saliva. Și spinările se cocârjaseră ca și cum cineva ascuns în întuneric le-ar fi pândit umbrele.

– Adică nimeni nu suflă o vorbă până găsim un amator serios.

– Amator serios! Hm! Grigore Popa începu să se plimbe agitat prin odaie: Aș vrea să-l văd pe ăla care are bani – la noi, firește – să cumpere un Goya sau un Rembrandt!

– Atunci?

– Nu știu... Să ne gândim, să ne gândim...

Verifică ușa de la intrare dacă e închisă, apoi se apropie de fereastră îndreptând draperia.

– Am eu un elev, bâlbâi Panaitescu, taică-său e Dobriceanu, ginecologul. Sunt plini de bani.

Popa se opri măsurându-l câteva secunde. Își reluă agitat plimbarea scrâșnind:

– Cretini!... Iremediabil cretini!

Melania Lupu declară cu un surâs nehotărât:

– Cunosc pe cineva. Cred... Cred că l-ar interesa.

N-o asculta nimeni. Bătrâna continuă liniștită:

– Locuiește la Amsterdam.

Popa dădu din mână a lehamite, fără să se oprească.

– Alta! Ce adunătură, Dumnezeule!

– Să facem lumina mai mică, propuse Valerica Scurtu, apăsând pe comutator. E două... Ar putea atrage atenția.

Sculptorul cercetă a doua pânză. Un vânător cu bucle blonde. Pe pălăria largă erau înfipte figurine de plumb, sfinţii protectori cărora – pesemne – personajul cu plete aurii le aducea omagiul său. Penajul prins într-o agrafă de argint aprindea o flacără verde.

– Ce verde! Cine-ţi mai face azi aşa ceva?

– Uită-l şi pe ăsta! Lasă, dom'le, emoţiile artistice! îl repezi Grigore Popa. Inventarie grupul şi râse din gât: Suntem va să zică cinci inşi. Noroc că Vâlcu lipseşte. Asta înseamnă, aproximativ, o sută cincizeci de mii de căciulă. Hm, n-ar fi rău...

Panaitescu tresări. Repetă năuc, ducându-şi mâna la frunte:

– O sută cincizeci de mii? Calculă repede, mecanic, cu ochii repeziţi în tavan: Adică şapte sute cincizeci de mii de franci francezi, două milioane de pesetas... Fantastic!

– Chestia e cine ne dă banii ăştia, rânji Matei.

– Cunoştinţa mea, declară senină Melania Lupu, este un mare amator de artă şi desigur... nu-i aşa, dispune şi de mijloace corespunzătoare. Chicoti: Dacă vreţi, pot să-i caut numărul de telefon.

Se ridică sprintenă şi dispăru în odaia ei.

Sculptorul se întoarse spre Panaitescu. Întrebă încet:

– Crezi că-i trombon?

Celălalt, adâncit în calcule complicate, nu-i răspunse. Valerica Scurtu rămăsese cu ochii pe fereastră. Un colţ desprins al perdelei lăsa să se vadă o lună galbenă, în zdrenţe, închipuită de un pictor nebun. Femeia ţinea gura uşor întredeschisă. N-avea reprezentarea concretă a sumei. Doar o cifră cu multe zerouri, apoi, cu un efort de imaginaţie, mantoul de astrahan şi guler de vulpi visat de pe vremea bacalaureatului, o broşă de aur în locul căţelului ieftin din dublé, un apartament mobilat cumsecade, poate o maşină... Pe buzele sculptorului răsări un zâmbet urât. Avea să dea dracului

„capodoperele“ și posteritatea, și atelierul mizerabil. Nu, el unul se săturase până în gât!

– Basta! șopti fără să-și dea seama.

Nu știa încă bine ce va face. Niciodată nu avusese prea mulți bani. Respiră adânc: „O să mă distrez. Asta am să fac! O să crăp distrându-mă... Să-mi ajungă!“

Grigore Popa se plimba agitat. În ochii negri, de mult stinși, se aprinsese o flacără. Cineva care l-ar fi cunoscut în tinerețe ar fi regăsit acum ceva din chipul de altădată. Ținea mâinile la spate mișcând nervos din degete.

„Nu zic sute de mii, cum socotesc cretinii ăștia... Nici măcar o sută... Doar cincizeci de mii! Câte solde ar fi însemnat în ’38?... Dă-le naibii de solde... cincizeci de mii de dolari. Fantastic! Am să mă stabilesc la Londra. O bibliotecă de cărți legate în piele și coniac fin... Altceva nu-mi doresc. Măcar doi-trei ani buni. Dacă mi-ar fi zis cineva acum câteva zile... Niciodată nu trebuie să încetezi să speri... Londra... Hotărât, e uluitor!“ Panaitescu, așezat pe taburet, privea covorul. Mâinile îi atârnau. Izbutise să convertească suma în toate monedele posibile. Franci elvețieni, francezi, mărci vest-germane, yeni, dolari canadieni și așa, ca amuzament, în yuani chinezești.

„Am să plec cu Coca în nordul Italiei. Visează voiajul ăsta de când ne-am căsătorit. E ceva în sânge la ei... Bunică-său vâna urși polari. După aia poate mergem la Chicago. Am auzit că Nedelcu s-a stabilit acolo. Face afaceri pe picior mare. Poate mă ia asociat...“ Își reluă calculele: „Deci două milioane de pesetas... Finlandezii ce monedă or avea?...“

Melania Lupu scotocea febril în șifonier:

„Unde Dumnezeu poate să fie? Nu-ți pierde capul, draga mea... Știu, un noroc nebănuit! Ai să vezi în sfârșit California, pădurile de portocali din Andaluzia, cerul de la Madrid, soarele acela roșu despre care ai citit atât... Te și văd, draga mea... O doamnă distinsă, într-un costum de voiaj elegant. Ai să-ți comanzi cărți de vizită și, neapărat, lenjerie de mătase naturală..."

Se întoarse în hol îmbujorată. Flutura un carnețel pe care îl confecționase singură. Foile știrbe, decupate în trepte ca un repertoar, erau cusute între coperte de pânză înflorată.

– L-am găsit! exclamă cu respirația tăiată.

Grigore Popa își pipăi cu degetul gingia. Îl durea.

– Hm!

Sculptorul se apropie de bătrână. O măsură lung, cu o privire filtrată:

– Îți dai seama, sper, că este o chestiune serioasă.

– Bineînțeles, domnule Matei! Melania Lupu strânse carnetul la piept: Vă rog să nu aveți nicio îndoială. Vă recomand o firmă solidă, cu tradiție...

– Când poți lua legătura cu individul?

– Cu domnul Van der Hoph? Și mâine, dacă sunteți de acord.

– Mda... Se răsuci spre ceilalți: Are cineva o propunere mai bună? Oamenii ridicară din umeri. În regulă! Deocamdată e singura soluție.

– Atunci am să-i telefonez.

Doru Matei își prinse umerii în căușul palmelor.

– Ai grijă cum vorbești...

– Oh! Bătrâna râse cochet: E suficient să-i spun că vreau să-l văd.

– Scleroză! șopti disprețuitor Popa. Sclerozați și cretini!

Sculptorul înfășură tablourile și le introduse în tainiță. Vorbi cu spatele întors:

– Te înșeli, papa! Ai să te convingi în curând... Și-acum, cred că putem merge la culcare.

Nu-i răspunse nimeni. Se răsuci surprins. Oamenii îl priveau apăsat, cu fețe de piatră. De piatră păreau și trupurile nemișcate. Înțepeniseră, înșurubați în scaune, pregătiți pentru o lungă așteptare.

– E absurd! exclamă Matei. Cât poate să dureze veghea asta?

Popa se mișcă în fotoliu:

– Dumneata ești convins că până mâine dimineață pânzele nu dispar? Dacă-i așa, du-te și te culcă!

Melania Lupu își înfășurase picioarele într-un pled călduros:

– Sunt sigură că ne vom petrece timpul extrem de plăcut. Am locuit ani întregi împreună, fără să ne cunoaștem.

– Eu, unul, m-am simțit foarte bine, replică în surdină Popa.

Valerica Scurtu își îndreptă cutele capotului. Rosti cu dinții încleștați:

– Nu mă mișc nici moartă de-aici!

– St! făcu Panaitescu. Umblă cineva la ușă.

Matei își privi ceasul.

– Șase și treizeci de minute. Pe unde i-or fi sticlit ochii amicului Vâlcu?

Ușa se deschise încet și apăru un bărbat înalt, cu figura obosită. Două riduri adânci, săpate în jurul gurii proeminente, buzele subțiri îi dădeau un aer agresiv, în bizar contrast cu blândețea ochilor. Purta un palton elegant. Gulerul și căciulița de biber prinseseră în gerul de afară o strălucire metalică. Ridică surprins sprâncenele:

– Sunteți matinali astăzi...

Valerica Scurtu arătă dezastrul de pe zid.

– Inundație! Nici nu vă imaginați ce balamuc a fost. Firește, a trebuit să închidem apa caldă.

– Da... neplăcut.

Vâlcu îi privi circumspect și părăsi holul.

„Ce-i cu ei?“

Își consultă în oglindă chipul obosit, fără să se vadă. Repetă în șoaptă:

– Ce-i cu ei?

Oamenii aceștia se disprețuiau sincer, evitau sistematic orice contact: în baie, la bucătărie sau în hol. Popa nici măcar n-o saluta pe Valerica, iar femeia îl detesta pe sculptor. Panaitescu îi tolera indiferent, Melania Lupu ignora politicoasă tot ce o înconjura...

Țeava spartă nu i se părea un motiv suficient pentru a-i strânge în același perimetru. De obicei, la șase dimineața se aflau încă în paturile lor, cu excepția Valericăi care, nervoasă, într-un capot șleampăt și cu bigudiuri în păr, se pregătea să plece la birou. Cel puțin Doru și bătrâna nu apăreau niciodată înainte de unsprezece, după aceea începea vânzoleala până noaptea târziu.

„Da, ceva s-a întâmplat...“

– Pleacă pentru trei săptămâni la Iași, anunță bătrânul fonfăit, cu o gură fără salivă.

Se lăsă să cadă în fotoliu. Genunchii înțepeniți nu voiau să-l mai asculte.

Valerica Scurtu tresări:

– Pleacă?!

– Peste un ceas. Te roagă să-i dai înapoi valiza.

Femeia privi nehotărâtă în jur. Nu-i era frică de Melania Lupu, o bleagă, nici de Popa, hapsân, dar prăbușit, neputincios. Se temea de Matei. Fantezia încinsă, dezlănțuită născocea complicități haiducești între Panaitescu și sculptor. Și, deși se făcuse ziuă, și-i imagina manevrând în întuneric, înveliți în pelerine cu pălării negre trase pe ochi și cuțite lungi. Jefuiau, ucideau...

„Îi achită pe ăștia doi și fug în lume! Sunt în stare!“

Le aruncă o privire neagră, grea. Privirea pe care ar fi avut-o în fața tainiței goale.

Melania Lupu îi zâmbi blând:

– Du-te, draga mea. Te așteaptă. N-o să se întâmple nimic. Apoi fără legătură: Mă cam supără fiica...

Se întrerupse brusc. Bătrânețea e plină de vicii. Proteze, ceaiuri menite să stimuleze un stomac leneș, bandaje călduroase pentru spinări ori genunchi care nu mai simt de mult căldura. „Tinerii nu înțeleg lucrurile astea. Și e mai bine..."

– Dacă se întâmplă ceva, șuieră Valerica Scurtu, țipă! Trântește! Sparge borcanele!

Matei rânji:

– O să am grijă să-i astup gura. În locul dumitale nu m-aș duce.

Femeia își mușcă buzele. Chipul obosit, încadrat de lațe puține, era verzui. Herpesul se întinsese, semăna acum cu un crater.

Bătrâna clătină capul.

„E tare urâtă biata fetiță."

– În fond, ce-o să facă nenorocita asta cu banii? întrebă Matei după ce ușa se închise.

– O să hrănească pești! bombăni Popa. Mulți, zglobii și tinerei! Campioni la înot, cu coada pe moațe și Trabant. Râse răutăcios: O să le cumpere și un acvariu confortabil ca un cavou de lux. O să vedeți!

– Vai, copii! îi admonestă dulce bătrâna. De ce vorbiți așa?

Vâlcu își frecă mâinile înghețate. Prin ușa deschisă se vedeau valiza pregătită și un sac mic de voiaj.

Se adresă bătrânului zâmbind:

– Mi-ați promis niște cărți pentru concediu. Grigore Popa tresări:

– A, da... Păru gata să se ridice, apoi se răzgândi. Mă simt cam ostenit. Alege-ți singur... Raftul de jos, sub radio... Vâlcu îl scrută surprins. Ridică din umeri și dispăru în camera bătrânului.

Melania Lupu observă în șoaptă:

– Ce greșeală!

– Te-ai ramolit complet, Popa! aruncă, în surdină, sculptorul. În viața ta n-ai lăsat o muscă să-ți intre în odaie, până și oalele le ții sub cheie și dintr-odată îl poftești pe ăsta să-ți răscolească pe unde-i place! Și mai vorbești de cretini.

Vâlcu se uită la ceas: „Mai am o oră..."

Se opri în prag. Oamenii adormiseră răpuși de oboseală. Melania Lupu surâdea până și în somn, Valerica Scurtu crispată, cu bărbia înfiptă în piept, Grigore Popa gemea. Degetele încârligate rămăseseră înfipte în poalele halatului vătuit. Sculptorul dormea adânc. Somn tânăr, destins, cu mâinile și picioarele împrăștiate, alungând, nesuportând odihna unui al doilea în același pat. Panaitescu sforăia. Îi alunecase capul peste marginea fotoliului. Mărul lui Adam se zbătea viu, ca un animal mic prins în cursă.

Vâlcu se apropie pășind fără zgomot. Îi prinse delicat ceafa, căutând altă poziție. Panaitescu tresări, căscând un ochi congestionat, încleiat de somn, apoi adormi din nou.

Contabilul zâmbi. Își luă valiza și părăsi locuința.

La ferestre, un soare de iarnă, aspru, spăla florile de gheață, migălite peste noapte.

Valerica Scurtu crăpă subțire pleoapele. Întâlni privirea trează a sculptorului și închise reflex ochii.

Matei începu să râdă încetișor. Nu dormea niciunul, în afară de Panaitescu al cărui chip părea sfâșiat de viziunile de apocalips ale unui coșmar.

Grigore Popa își frecă mâinile înghețate:

– Bine că a plecat! Aș bea ceva fierbinte...

– E o idee! exclamă Melania Lupu. Se descotorosi de pledul gros, ridicându-se sprintenă din fotoliu. Sunteți invitații mei! Vă pot oferi o ceașcă de cacao. După aceea, voi telefona domnului Van der Hoph.

Insomnia nu-i alterase chipul. Același ten proaspăt, ochii limpezi își păstraseră expresia deschisă, aproape naivă, părul alb, frizat natural, se pieptănase de la sine în bucle neglijente, împrumutându-i un aer de cochetărie firească. Capotul de lână, ieftin, cădea elegant pe silueta grațioasă.

Valerica Scurtu o examină rece, cu colțurile gurii adunate. Nu trebuia să se uite în oglindă ca să știe cum arată. Diminețile, în special, erau monstruoase. Diminețile cu ochi urduroși, când somnul nu se desprinde de genele rare și țepene, cu cearcăne și pleoape umflate, cu fața verzuie ca o pungă de venin și surpriza coșurilor ivite peste noapte. Se răsti incapabilă să-și stăpânească iritarea:

– Eu nu beau! Nu vă deranjați.

Bătrânica își încleștă degetele fragile. Părea sincer îngrijorată.

– De ce, draga mea? O să te înviorеze. Încearcă, te rog!

Dispăru vioaie în bucătărie. Matei ridică două degete:

– Piua întâi la baie!

Peste câteva clipe se auziră robinetul deschis sălbatic și glasul de bariton al sculptorului:

– Bună seara, don Basilio, buună seara...

Apăsa cu voluptate pe silabe și Valerica Scurtu mai știa că în timp ce cântă se strâmbă în oglindă, luând poze marțiale ori încrețindu-și fața mobilă de cauciuc în grimase de saltimbanc. Dintr-un anumit colț al bucătăriei se zărea tot...

– Hm, făcu Popa aruncându-i o privire circumspectă. Hm! Se duse hotărât la ușă, închise și băgă cheia în buzunar: Ca să fim mai siguri, până una-alta.

Intră la el în odaie pipăindu-și poalele hainei de casă. Valerica Scurtu rămase un timp pe gânduri, apoi se ridică greu. Lăsă ușa camerei larg deschisă. Începu să se pudreze grăbită, supraveghind holul. Pe arcadele pleșuve desenă două sprâncene inegale, învioră cu un roșu de cărămidă buzele zgrunțuroase și obrajii surpați. Își strânse lațele într-o panglică neagră, apoi schimbă capotul.

Reveni prima în hol. Melania Lupu se interesă din pragul bucătăriei:

– Gata, copii?

Panaitescu se trezi speriat. Le privi rătăcit și articulă greu, cu limba împleticită:

– Ce-i? Ce vreți?

– Totul e în ordine, zâmbi bătrâna. V-am pregătit ceva bun, dar poate că înainte ați vrea să vă faceți puțin toaleta...

Panaitescu își plimbă automat mâna pe creștet, apoi dădu cu ochii de pijamaua cârpită și se ridică jenat.

Melania Lupu împărți cești mari de cacao. Un serviciu vechi, uzat, cu păuni. Cozile minunate își păstraseră culorile. Pe fiecare farfurioară, așezase câte două feliuțe transparente de pâine prăjită unse cu unt. Bătrâna îi urmărea radioasă, făcea impresia că socotește micul dejun oferit drept un adevărat festin.

Sculptorul sorbi lacom, apoi puse decepționat ceașca pe masă. Lichidul cafeniu era aproape rece, prea diluat, fără suficient zahăr.

„Hm! Femeia asta n-o să moară în sărăcie."

– Nu vă e foame, domnule Matei? întrebă cu zâmbet tremurat Melania Lupu.

– Nu prea...

– Cred și eu, interveni cu glas șuierător Valerica Scurtu, după ce a dat iama azi-noapte prin oale! Refuzase tratația bătrânei și mușca dintr-un șnițel rece. Izbucni dezlănțuită: Nu ți-e așa, un pic de jenă?

Matei ridică din umeri, fals nedumerit. Se adresă celorlalți:

– Aveți cumva idee la ce se referă fecioara?

– Escrocule! izbucni femeia scoasă din sărite. Mi-ai furat două șnițele și o halcă de carne din tocană. Alaltăieri, opt chiftele, doi gogoșari și un picior de pasăre...

– O fi fost găina șchioapă! Vezi-ți de treabă, madam, nu te lua de oameni!

Panaitescu îl privea cu gura căscată. Avusese totdeauna o admirație totală, necondiționată, pentru oamenii cu tupeu, care știu să se descurce în orice conjunctură, sincer indiferenți la opiniile celorlalți. Matei i se părea că face parte din această specie.

– Și mie mi-au dispărut, mârâi Popa cu nasul în ceașcă, o ceapă și... niște sare. Eu netezesc întotdeauna sarea cu dinții furculiței. Săptămâna trecută, joi, am găsit-o altfel. Lipsea, da, da, lipsea cam multișor...

Melania Lupu scoase carnetul din buzunar vrând să mușamalizeze incidentul.

– Aș putea încerca să-l sun pe domnul Van der Hoph. E tocmai ora când deschide magazinul.

Luă telefonul în poală, formă 07 și ceru legătura cu Amsterdamul.

– Fură de stinge! conchise fără să se adreseze nimănui Valerica Scurtu.

Sculptorul o privi drept în față. Șopti, zâmbind fermecător:

– Acum, fie vorba între noi, tocana era cam grasă. Știi, nu face bine la ten, și împinse cu degetul spre obrazul pământiu al femeii.

Valerica Scurtu, sufocată de furie, amuţi.

Telefonul emise câteva ţârâituri stridente. Melania Lupu ridică receptorul. Mâna îi tremura de emoţie. Dintr-un salt, sculptorul fu lângă ea. Îşi lipi capul de părul bătrânei încercând să intercepteze discuţia. Comunică stupefiat:

– Nu ne-a trombonit! E chiar Amsterdamul!

– Luni, 12 decembrie, tipul o să fie în Bucureşti, anunţă emoţionat sculptorul. Adică peste patru zile.

Bătrâna lăsă receptorul jos. Spuse cu glas uşor voalat:

– După cum aţi auzit, lunea viitoare...

– Unde naiba l-ai cunoscut pe individ, cucoană? o întrerupse Matei cu o expresie năucă, ţinând mâinile în buzunar.

O priveau într-un chip nou, fără să-şi camufleze surpriza. Melania Lupu zâmbi modest. Obrazul roz deveni brusc carminat.

– De mult... Eram, bineînţeles, mai tânără. Tuşi, încercând să-şi ascundă tulburarea: Domnul Van der Hoph este o persoană foarte respectabilă.

– De, făcu Popa cu capul înghesuit între umerii înguşti. Să vedem până la urmă. Să vedem...

Sculptorul şopti la urechea lui Panaitescu:

– Ăsta se suspectează şi pe el...

Auzi un foşnet şi întoarse capul. Manşeta unui ziar apăruse sub uşă. Făcu câţiva paşi. Glasul lui Popa îl opri:

– Pardon, tinere! E gazeta mea! Sunt abonat!

Îşi culese înţepat jurnalul şi se întoarse în fotoliu. Matei îi aruncă o privire peste umăr. Bătrânul consulta rubrica deceselor din mica publicitate.

– Şi-acum ce facem? întrebă încet Panaitescu.

Purta un costum elegant de caşa cafeniu, cu batistă şi cravată din lână galbenă. Frizura complicată îi acoperea iluzoriu craniul. Din cauza chipului pământiu, murdar, hainele păreau stridente. În mod ciudat, pijamaua cârpită și veche i se potrivea mai bine.

– Ce să facem? Matei dădu cu piciorul într-o papiotă goală: Jucăm țurca! Nu înțeleg de ce mai întrebi. E aproape zece. Trebuia să fii de mult la lecții, ca și domnișoara Scurtu, de altfel, care a lăsat orfan un birou întreg pentru a ne ține companie. Ați ales, deci!

Valerica Scurtu se mișcă în scaun. Spuse răgușită:

– Vezi-ți de treburile dumitale! Nu te ocupa de mine.

– Cred că am să tricotez puțin, declară Melania Lupu, gândindu-se de fapt la altceva. E cel mai bun calmant. Am avut o prietenă...

Grigore Popa scoase o exclamație puternică. Pe fața bătrână și boțită se așternuse un zâmbet ciudat. Deschise o agendă, răsfoind-o nerăbdător, și trase o linie apăsată cu creionul mecanic de argint.

Matei îl măsură nedumerit:

– Asta ce mai fu?

Popa râse răutăcios. Cu voce nesigură, gâlgâind de o satisfacție stranie:

– A mai crăpat unul! Și ciocăni cu unghia încovoiată în ziar indicând rândurile dintr-un chenar negru. Martinescu! Mi-a făcut un mare rău acum patruzeci și nouă de ani... Da, un mare rău. Eram elev la Liceul Militar din Craiova. Chicoti: Kaput! L-am șters de pe listă.

– Ce listă? întrebă stupefiat sculptorul.

– Ești naiv, tinere! Îi am pe toți aici, în agendă. Îi căută ochii și preciză cu o privire rea: Nu uit nimic. Doar proștii uită.

Matei se sprijini de zid. Încercă să-și aprindă o țigară, dar bețele de chibrit i se rupeau între degete. Bătrânul firav îl îngrozea. Să porți ranchiună după cincizeci de ani unui tip care te-a turnat pentru că ai copiat la teză ori fiindcă i-ai suflat iubita cu codițe pe spate, să nu uiți, să nu poți să uiți, să te montezi la fiecare Revelion întocmind liste cu supraviețuitorii unor inimiciții de-acum două-trei sau chiar patru decenii, să-i înregistrezi cu satisfacție de cioclu pe decedați și-apoi să transcrii „pe curat" restul păcătoșilor i se părea monstruos.

– N-au mai rămas mulți. Grigore Popa privea peste capul tânărului cu o ură densă: Vreo șase. Ceilalți au crăpat... Da, au crăpat.

Panaitescu se uita la el cu gura căscată. Dintr-odată, chipul i se schimonosi oribil, devenind vânăt și o expresie de groază i se înfipse în ochi. Își duse mâinile la gât, gemu fără aer și se prăbuși.

3

O SINUCIDERE MĂSLUITĂ

Li se tăiase răsuflarea, aproape nu îndrăzneau să se miște.

– A murit? întrebă înspăimântată Melania Lupu.

Valericăi Scurtu îi clănțăneau dinții.

– E o glumă! Țipă isteric: Imposibil! Abia acum câteva minute era zdravăn, sănătos. Nu cred!!

Matei se ridică de lângă trupul lui Panaitescu. Rosti sec:

– Mai mort decât atât nu poate fi.

Își mușcă buzele până la sânge, încercând să se stăpânească. Grigore Popa își puse ochelarii. Mâinile îi tremurau.

– Otravă! Nenorocitul a murit otrăvit. Se vede după culoare. E vânăt.

– Deci, o crimă! exclamă îngrozită Valerica Scurtu.

Melania Lupu șopti cu lacrimi în ochi:

– Ar fi prea îngrozitor... Atinse ușor brațul sculptorului: De ce? Nu înțeleg nimic.

Tânărul îngenunche din nou, mirosind buzele cadavrului. Simți o aromă iute, de migdale.

– Cianură? întrebă Grigore Popa.

– Da... Cred că da.

Valerica Scurtu plângea cu sughițuri. Trupul sfâșiat de convulsii tresărea electrocutat. În fond, moartea lui Panaitescu o lăsa rece. Deși conviețuiau în aceeași locuință de ani buni, se cunoșteau foarte puțin. Profesorul fusese un vecin comod și discret, calitate ținând mai mult de o superbă indiferență vizavi de tot ce se petrecea dincolo de limitele stricte ale perimetrului în care evolua și de o sinceră lipsă de curiozitate pentru viața și treburile colocatarilor. Lipsea aproape toată ziua, iar seara ieșea cu nevastă-sa, amândoi ciudat de eleganți față de existența precară pe care o duceau acasă. Mâncau pe apucate, prin expresuri sau din pachețele mici de băcănie. Plângea de frică, din cauza emoțiilor și a nervilor măcinați în insomnii ucigătoare, doborâtă de tensiunea ultimelor evenimente.

Sculptorul se așeză călare pe un scaun. Aruncă spre ceilalți o privire înveninată:

– Care din voi e șmecherul? În ochi i se aprinse un licăr sarcastic. Se adresă lui Popa: Cred că n-ar strica să consultăm nițel carnețelul dumitale. Pun pariu că e și Panaitescu pe listă.

Fruntea bătrânului se întunecă.

– Tinere, ești un dobitoc!

– Hm, nu atât cât îți închipui.

Simțea nevoia să vorbească, să se audă, să-și astâmpere spaima care i se strecurase în vine. Ochii îi alunecară: Poate că nici domnișoara Scurtu nu e atât de străină pe cât pare.

– Draga noastră Valerica e amatoare de senzații. Pândește oamenii în baie. În special bărbații...

– Ticălosule!

– ...se uită pe gaura cheii. Acum se află probabil într-o perioadă de spleen. O crimă e o chestie!

Melania Lupu își încleștă degetele.

– Domnule Matei, vă rog, nu trebuie... Suntem și așa destul de necăjiți.

– Își închipuie că, dacă ne stropește cu noroi, e deștept, spuse înfundat Grigore Popa. Cretin!

Sculptorul își miji ochii:

– Trece-mă pe listă! Se ridică amenințător: Unul din voi l-a ucis pe Panaitescu.

– Tu! Tu! reuși să exclame Valerica Scurtu.

Bătrânul ridică sprâncenele:

– Chiar! De ce n-ai fi dumneata criminalul?

– Fiindcă eu știu că nu *eu* l-am ucis. Unul din voi trei a făcut-o.

– Hm! ricană disprețuitor Grigore Popa. Halal logică!

– Pentru mine e destul de bună.

– Domnule Matei! Melania Lupu făcu câțiva pași înainte: Vă rog! Doar am văzut cu toții. Domnul Panaitescu n-a înghițit nimic, n-a luat nimic din mâna noastră. Cianura omoară instantaneu. Cum putea să-l ucidă unul dintre noi?

– Nu știu, aici e trucul. Dar cineva a făcut-o.

– Cretinul are dreptate.

Valerica Scurtu își înfipse mâinile în păr.

– De ce?! Dumnezeule! De ce?!

Lui Popa îi tremura colțul gurii:

– E simplu. Banii se împart acum la... patru.

Doru Matei îl privi gol:

– Deocamdată...

Mult mai târziu, își dădu seama că ceva care n-avea legătură cu moartea lui Panaitescu, ceva nelămurit, o indispoziție de ordin fizic îl irita. Ridică brusc storurile. O lumină rece de dimineață cu ger și soare năvăli în încăpere scormonind toate ungherele.

Grigore Popa își duse mâna la ochi:

– Tinere, dacă simți nevoia să-ți biciuiești nervii...

Sculptorul avu un gest de nerăbdare:

– Nu suport becul când afară e ziuă. Clar? Își privi ceasul: Poate că ar trebui să anunțăm Miliția. E aproape nouă și treizeci de minute. Ne vor întreba de ce am așteptat atât.

Valerica Scurtu tresări. Privea constant într-un singur punct, evitând trupul lui Panaitescu. Îngăimă:

– Miliția?!

– Așa se obișnuiește când oamenii își dau duhul din senin, explică sardonic Matei.

Grigore Popa cu bărbia nerasă prinsă între degete se interesă ironic:

– Te-ai gândit cumva ce o să le povestești?

– Las chestia asta pe seama dumitale. Fiecare autor își explică opera.

– Hm, învață să-ți ascuți mai bine săgețile când le slobozi din arc. Altfel ricoșează. Ricoșează penibil...

Doru Matei apucă nervos marginea scaunului. Replică violent:

– Ce-i drept, n-am experiența dumitale! Nu întocmesc liste!

– Vă rog nu vă certați, imploră Melania Lupu. Avem atâtea de făcut...

Bătrânul n-o luă în seamă. Își îndreptă degetul spre sculptor:

– Vreau să-ți spun ceva, tinere! În general, nu m-am omorât cu sfaturile. Oamenii trebuie să-și poarte singuri de grijă. Cine nu știe s-o facă e a priori condamnat. Trăim însă împrejurări speciale și din nefericire sunt tot atât de amestecat ca și voi în povestea asta... bizară.

Sculptorul începu să fredoneze ostentativ:

– *Ce cauți tu în viața mea/ De ce-ai venit să-mi tulburi liniștea...*

Melania Lupu nu-și lua ochii de la bătrân. Șopti:

– Lăsați-l, domnule Matei, să vorbească.

Popa râse:

– Mă ascultă, n-avea grijă! Anunțăm Miliția, va să zică. Vin ăia peste noi și constată crima. Încep întrebările. Cine? De ce? Cum? Admitem ipoteza că-l descoperă pe asasin...

– Sper! scrâșni Valerica Scurtu. Bătrânul clătină din cap:

– Criminalul va vorbi, domnișoară! Va mărturisi de ce a făcut-o. Nu-i mai pasă de nimic, de vreme ce va admira natura după niște gratii.

– Clar! admise Matei. Glasul nu păstra nici umbră de supărare. Iar statul ne umflă tablourile. Și ziceați adineauri că e total ramolit!

– Să luăm acum varianta cealaltă. Că nu-l descoperă. Individul care l-a aranjat pe Panaitescu pare al dracului de dibaci.

– Vor clasa dosarul și cu asta, basta!

Grigore Popa se lăsă pe spatele fotoliului:

– Încep să cred că într-adevăr nu ești dumneata asasinul. Știi ce înseamnă, tinere, să clasezi un dosar? Asta presupune săptămâni și chiar luni de cercetări, anchete și paraanchete. Vom fi urmăriți pas cu pas, minut de minut. Iar peste patru zile vine tipul din Amsterdam. Nu cred că l-ar bucura peste măsură ca la întrevedere să asiste și doi-trei milițieni. Respiră adânc: La chestiile astea v-aș ruga să reflectați.

Sculptorul începu să se plimbe nervos prin încăpere. Ținea mâinile în buzunare, zornăind zgomotos cheile. Se opri în dreptul bătrânului:

– Nu văd realmente nicio ieșire. Făcu o pauză și adăugă nesigur: Dumneata... dumneata trebuie să te fi gândit la ceva. Când ucizi, te gândești la urmări.

Popa râse amar:

– Cu proxima ocazie îți promit s-o fac.

– Dumnezeule! gemu Valerica Scurtu, apăsându-și degetele pe tâmple. O durea capul și-i venea să vomite. De s-ar termina toată povestea! Nu mai rezist.

– N-avem nicio soluție, conchise Matei. Doar, în sfârșit, doar dacă nu avertizăm Miliția.

– Și ce faci cu cadavrul? Îl îngropi în Cișmigiu?

Sculptorul își reluă agitat plimbarea.

– Cred că e destul de simplu, se auzi glasul limpede al Melaniei Lupu.

Popa dădu sceptic din cap. Bătrâna continuă liniștită:

– N-avem decât să susținem că domnul Panaitescu s-a sinucis.

Se întoarseră iute, privind-o cu ochii căscați. Melania Lupu zâmbea fermecător. Motanul își freca blana moale de picioarele ei.

Matei avu senzația că privește un tablou. Lipseau doar flăcările din cămin, rafturile lungi cu vase de aramă și un prunc roz-bombon care trage pisica de coadă.

– Fenomenal! exclamă sculptorul. Ce idee!

Se uita la ea cu o surpriză nemărginită. Bătrâna își plecă ochii modestă.

– Nu e nimic extraordinar, domnule Matei. Oricui i-ar fi putut trece prin minte, cu condiția să se gândească în liniște. Dumneavoastră erați prea afectat... Își trecu vioaie mâna prin păr: Acum trebuie să ne grăbim.

Grigore Popa își înghesui zâmbetul. Privirea ascunsă sub sprâncenele groase îi strălucea.

– Să ne grăbim. Avem, bănuiesc, de jucat o scurtă comedioară.

– Întâi, propuse Melania Lupu, trebuie să-l transportăm pe domnul Panaitescu în camera dumnealui.

– Las' că stă destul de bine și aici, opină sculptorul, căruia îi repugna gândul că ar atinge trupul fără viață.

Bătrâna îl mustră dulce:

– Domnule Matei, n-avem voie să facem greșeli. Nimeni nu se sinucide într-un hol comun. Când iei astfel de hotărâri – cred că sunteți de acord cu mine –, simți nevoia să fii singur. E o chestiune de psihologie elementară.

Grigore Popa desenă niște spirale în aer:

– He, he! Școală înaltă!

Melania Lupu îl privi peste umăr. O privire transparentă.

– Nu trebuie ignorat nici celălalt aspect. Vom putea lesne explica de ce am chemat atât de târziu Miliția. N-am știut, n-am văzut... Dar pentru că orele înaintau, iar dumnealui nu mai părăsea odaia, ne-am gândit, nu-i așa, ca buni vecini, că ar putea să se simtă rău...

Valerica Scurtu își aminti că iarna trecută fusese bolnavă de gripă o săptămână și nimeni nu se gândise să-i aducă un ceai. Nici măcar nu-i bătuseră în ușă...

Matei izbucni în râs. Prinse în palme umerii bătrânei:

– Hai că-mi placi!

Transportară cadavrul și-l întinseră pe pat. Se uitau în jur impresionați de sărăcia interiorului. O masă șchioapă, două scaune ieftine, divanul cu arcurile stricate, un bec simplu fără abajur, care atârna sinistru din mijlocul tavanului. Ibricul de cafea se răcise pe reșou, alături de mașina de scris.

– Aha! bombăni Grigore Popa. Uite cine consuma electricitatea!

Melania Lupu se îndreptă. Gâfâia. Își trecu degetele străvezii peste fruntea asudată.

– Încă puțin și înțepenea. Norocul nostru că s-a îmbrăcat înainte. Surâse: Sinucigașii sunt cocheți, țin la toaleta lor. O prietenă de-a mea s-a aruncat de la etaj. Vă rog să mă credeți, s-a sculat de la cinci dimineața, și-a frizat părul, și-a călcat cea mai frumoasă rochie. S-a parfumat chiar...

– Ai prieteni interesanți, constată Grigore Popa cu un rânjet.

Bătrâna replică senină:

– Am avut într-adevăr noroc, îmi dau seama. Valerica Scurtu se sprijini epuizată de perete. Părul prins în panglica neagră îi descoperea urechile galbene, cu cercei subțiri de aur. Părea la capătul puterilor.

– Nu s-a terminat?

– Ai puțină răbdare. Melania Lupu scrută îngrijorată fața golită de sânge: Odihnește-te, draga mea. O să mă ajute dumnealor. Se uită în jur: Va trebui să confecționăm o mică scrisoare.

– Aha! înțelese Grigore Popa.

Zâmbea mereu. Sculptorul, mai puțin perspicace, își încreți fruntea:

– Ce scrisoare?

– De adio, firește, prin care-și ia rămas-bun de la soție.

Grigore Popa își adună haina la gât.

– Aiureală! Se strâmbă: Cel mai analfabet grafolog va simți imediat falsul. Caută altceva, cucoană!

– Dar m-ați înțeles greșit, făcu bătrâna ușor vexată. Vom bate scrisoarea la mașină. El însuși obișnuia să-și rezolve astfel toate lucrările. Zâmbi încurcată: Ați uitat cât vă enerva țăcănitul? Când aruncați cu papucii în ușă...

Nu mai așteptă răspunsul și luă o foaie de hârtie așezând-o în mașină.

Grigore Popa râse scurt.

– Ești vesel, domnule! constată sculptorul. Celălalt își strânse buzele. Expresia i se înăsprise.

– Am o impresie ciudată...

– Adică?

– Toate astea par învățate pe dinafară.

– Premeditare? bâlbâi Matei. Bătrânul tăcu.

Melania Lupu scoase hârtia din mașină și citi încă o dată textul.

– „Draga mea Coca. Ideea de a pune capăt unei vieți care a încetat să-mi aducă vreo bucurie mă preocupă de mult. Privește actul meu ca pe o eliberare, pune-l pe seama unei incapacități de a trăi, de a mă adapta, de a nu aștepta cu indiferență și plictiseală un mâine, un an care urmează. Nu toți avem vocația de a exista. Eu m-am născut cu această infirmitate. Iartă-mă. Gândul că acum sunt fericit poate constitui pentru tine o mângâiere."

Grigore Popa își drese glasul:

– În general, oamenii își pun lațul de gât pentru rezoane mai concrete.

– Aveți dreptate, dar, dacă am fi inventat un motiv, Miliția s-ar fi grăbit să-l cerceteze.

– Just! conchise Matei.

– Și-apoi, reluă bătrâna, Panaitescu era un individ ciudat. Închis, absent, cam blazat. Un astfel de bărbat ar fi putut... Își înghiți saliva: Hotărârea lui, sunt convinsă, nu va surprinde prea mult.

Valerica Scurtu își lipi mâinile asudate de zid.

– Am impresia că visez...

– Epistola rămâne neiscălită? se interesă sculptorul.

Bătrânica își îndreptă cutele capotului, apoi reflex părul.

– M-am gândit și la asta. Se răsuci pe călcâie: Domnule Popa, mi se pare că anul trecut ați primit o carte poștală de la Panaitescu. Era cu soția dumnealui pe litoral. Cred că vă ruga să dați anumite relații elevilor care-l caută la telefon...

– Trebuia să-mi închipui că cenzurezi totul, mârâi bătrânul. Nu știu dacă o mai am.

– Oh, sunt convinsă că da, eclară candidă. În locul dumneavoastră, aș căuta în cutia mică din lemn de santal.

Omul o privi perplex. Vru să spună ceva, dar renunță și o aduse.

– Ah! În sfârșit! exclamă Melania Lupu, bătând din palme ca un copil. Eram sigură că nu mă înșel.

Puse cartea poștală pe masă, luă o bucată de hârtie și încercă să imite semnătura profesorului. După mai multe tentative se declară satisfăcută.

– O să meargă!

Ceilalți o priveau muți. Bătrâna duse degetul la frunte:

– Stiloul!

Sculptorul îl scoase grăbit pe al lui și i-l oferi.

– Domnule Matei, râse îngăduitor Melania Lupu, gândiți-vă ce și-ar închipui Miliția constatând că Panaitescu a folosit stiloul dumneavoastră. Pe al lui îl caut.

Îl găsiră într-unul din buzunare. Bătrâna se așeză din nou în fața biroului. Cu un calm desăvârșit, fără să-i tremure mâna, reproduse dintr-o singură trăsătură de condei iscălitura lui Panaitescu.

P-ul în special și parafa complicată erau desăvârșite.

– Fantastic! exclamă sufocat Matei. Asta zic și eu plastografie!

Melania Lupu își îndreptă spatele:

– Nu e mare lucru. Puțină îndemânare. Cartea poștală o s-o rupem. Să nu se poată face comparație... Șochează două semnături identice.

Șterse stiloul cu batista, apoi clapele mașinii de scris. Se adresă cu un surâs amabil sculptorului:

– Domnule Matei, vreți să mă ajutați? Trebuie doar să ridicați mașina. Așa! Așa! Aici pe pat e foarte bine. Puțin mai la stânga...Perfect! Clipi privindu-l drept în ochi:

N-avem voie să neglijăm amprentele. Sunt convinsă că mă înțelegeți...

Valerica Scurtu se apropie cu pași împleticiți:

– Asta ce mai e?

Bătrâna lua unul câte unul degetele lui Panaitescu, apăsându-le pe diferite clape. Explică binevoitoare:

– Doar și-a bătut scrisoarea la mașină. Vor căuta amprentele și le vor găsi. Fiți atent, domnule Matei! Niciodată nu apeși la o astfel de mașină pe fixator cu mâna dreaptă! O faci totdeauna cu arătătorul sau inelarul de la stânga. Carul, desigur, tot cu stânga... Țineți seama de orientarea literelor!

Grigore Popa clătină din cap edificat:

– Pe lângă asta, Vitto Genovese[1] e un copilaș dulce... Părea interzis. Bătrâna pe care de ani buni se obișnuise s-o socotească o femeie lipsită de interes, bleagă și copilăroasă cu pisicile și brazii ei de Crăciun – tăia cu o săptămână înainte steluțe și panglici de staniol, bucurându-se ca o fetiță, cu pantofii ei micuți și uzați, unde-și punea singură câte un cadou ieftin, cu colecția de ilustrate înflorate – căpăta acum dimensiuni noi, înspăimântătoare. Îl uimeau sângele ei rece, adresa cu care intuia și desăvârșea câte un amănunt lugubru. Îi atribui spontan o biografie aventuroasă: escroacă de talie mondială, complicea și amanta vreunui mare gangster din țară ori de aiurea. Îi acorda dintr-odată însușiri cu generozitatea tipică marelui reviriment. Surpriza pe care o încercăm față de cineva se cere consumată, fantezia dezlănțuită adăugând substanțial materialului faptic.

---

[1] Vitto Genovese – unul dintre foștii șefi ai organizației mafiote Cosa Nostra.

Actuala carte de vizită a Melaniei Lupu, casnică, văduva unui modest funcționar în Ministerul de Finanțe – era convins –, reprezenta doar un camuflaj, o cacealma formidabilă de care ea însăși probabil râdea cu hohote, în pătucul de fecioară cu îngerași și bile de bronz.

– Desigur, domnule Matei! o auzi. V-ați gândit foarte bine. Avem nevoie de un pahar. O picătură de apă e suficient.

Tânărul o servea prompt, grăbit, cu zelul caracteristic al subalternilor față de superiorii pe care-i admiră.

Grigore Popa se așeză pe un scaun.

– Din câte îmi dau seama, pregătiți paharul din care Panaitescu și-a sorbit fericirea. Cum faceți rost de cianură?

– M-am gândit și la asta, replică, zglobie ca un cintezoi, Melania Lupu.

– Al dracului să fiu dacă mă surprinde!

Bătrâna își consultă modestă manichiura:

– Se va retrage fiecare în odaia lui cinci minute. În acest răstimp, persoana care, în sfârșit, ne poate împrumuta puțină otravă o va lăsa pe această masă. Totul se va petrece cât se poate de discret.

Părăsi cu demnitate odaia. Grigore Popa începu să râdă.

– Aici ai zbârcit-o, tanti! observă decepționat Matei.

Pe masă nu se afla nimic. Valerica Scurtu se lăsă fără puteri pe marginea patului. Atinse trupul lui Panaitescu și sări în sus urlând.

Melania Lupu o dojeni plină de menajamente:

– Ți-am spus, draga mea, să te odihnești. În plus, trebuie să te gândești cum vei explica domnilor de la Miliție faptul că nu te-ai dus azi la serviciu.

Femeia dădu din cap încăpățânată. Explică totuși:

– Am o recuperare.

– Perfect.

Valerica se sprijini din nou de perete, urmărindu-i cu ochi lucioși.

– Mai rămâne să rezolvăm chestia cu cianura, aminti înfrigurat sculptorul.

– Ai răbdare, tinere! Pariez că doamna a și găsit o soluție.

– Îmi acordați multă încredere, surâse Melania Lupu. Într-adevăr, am găsit. Vom colecta puțină salivă de la domnul Panaitescu. Vă asigur că la analiză pe cioburile de sticlă se va descoperi otrava. Paharul i-a căzut din mână și s-a spart. Nimic mai firesc. Patul e înalt, iar dușumeaua, goală.

Valerica Scurtu se cutremură. Ieși din cameră gata să leșine.

Bătrâna își admira opera.

– Cred că n-am omis nimic. Se întoarse spre ceilalți: Mi-aș îngădui acum, evident, dacă-mi permiteți, să-mi exprim câteva păreri.

Grigore Popa clătină din cap fără să comenteze.

– Întâi să trecem în hol. Atmosfera a devenit apăsătoare.

O urmară ca niște automate. Matei înghiți în sec:

– Aș bea ceva. Simt că-mi vâjâie creierii!

– Sunt convinsă că tuturor ne-ar face bine o picătură.

Sculptorul aduse o sticlă cu rom și câteva păhărele.

– Eu nu beau! strigă Valerica Scurtu, trăgându-și lațele.

– Idem, tinere! făcu Popa, clătinând degetul în aer fără să miște mâna. Râse sardonic: În general, vreau să-l văd pe ăla care mai bea ceva în casa asta...

Melania Lupu îl privi cu luare-aminte. Coborî pleoapele încurcată:

– Îmi pare rău că te-am deranjat, domnule Matei, poate că dumnealor au dreptate. Nu e cel mai potrivit moment.

Sculptorul rămase descumpănit, apoi ridică din umeri:

– Duceți-vă dracului!

Scoase dopul și duse sticla la gură. Brusc, se răzgândi. În ochi i se aprinse o lumină veselă.

– Nu vreau să se împartă la trei! Cel puțin nu din cauza mea.

Bătrâna respiră adânc.

– Să stabilim deci ultimele detalii. Își privi ceasul agățat de gât. Este ora unsprezece. Vom susține că l-am găsit pe Panaitescu... Mă rog, acum circa un sfert de oră. Adică la zece patruzeci și cinci. Ne-a intrigat liniștea suspectă.

– N-o să iasă nimic din toată povestea asta, gâfâi Valerica Scurtu. Țineți minte ce vă spun! E o nebunie! Pușcăria ne mănâncă!

Matei trase adânc din țigară. Observă sarcastic:

– Mai ai timp să renunți. Fă-ți bagajul și întinde-o! O măsură dintr-o parte: Sunt convins chiar că nu ți-ar strica să schimbi aerul.

Femeia îl țintui cu furie dementă, albă la față.

– Pește ordinar! Ți-ar...

– Stăpânește-te, draga mea, interveni Melania Lupu. Dumnealui glumește. Ținem doar cu toții la dumneata și sunt convinsă că te vei descurca foarte bine. Continuă repede, înăbușind scandalul: Ne vor întreba despre Panaitescu, despre obiceiurile lui, eventuale neînțelegeri cu soția. Consider că e bine să ne manifestăm, desigur fără ostentație, toată amărăciunea față de gestul nesăbuit, regretul pentru moartea unui vecin cumsecade. Sunt sigură că acestea sunt de fapt sentimentele noastre adevărate și nu văd de ce nu le-am mărturisi.

Popa se hlizi pastișându-i intonațiile:

– Vom contribui la cheltuielile de înmormântare – bieții oameni n-aveau de niciunele – și-i vom comanda o coroană de flori. Văd şi banderola: „Lui Panaitescu de la vecinii orfani şi neconsolaţi".

– Vai, ce idee fermecătoare, domnule Popa! Vă daţi seama ce impresie va face domnilor din Miliţie o coroană?! Căută: Exact! O coroană de garoafe albe cu un medalion de trandafiri roşii. Cât se poate de rafinat. Abandonă brusc tonul elegiac: Dumnezeule! Cum am putut uita?! Nu i-am aprins nici măcar o lumânare bietului om. Suntem doar buni creştini, domnule Popa, nu-i aşa?

4

NEDUMERIRILE MAIORULUI CRISTESCU

Se auzea liniștea.

„În cinci-zece minute, vor fi aici", gândi Doru Matei. „Ce chestie! Încă nu-mi vine să cred. Totul a venit prea repede... La cât ar putea fi evaluat un Goya în străinătate?"

„Mi-e frică", gândi Valerica Scurtu. „Sunt niște șnapani! Am să fiu cu ochii în patru. Cred că mai am niște cofeină în șifonier."

Motanul se cățără pe genunchii Melaniei Lupu.

„Valerica are nervi slabi", gândi bătrâna. „Doru e insolent, domnul Popa, cam morocănos. Va trebui să vorbesc și pentru ei, să alung orice impresie dezagreabilă. Contează enorm... Fii atentă, draga mea."

„Nu-mi plac oamenii ăștia", gândi Grigore Popa. „Nu mi-au plăcut niciodată, iar acum și mai puțin. Ultimii pe care i-aș fi luat într-o combinație, dar n-am de ales."

Continua să se audă doar liniștea.

Trecându-și degetele peste obrazul palid, construit din unghiuri, maiorul Cristescu încercă să și-i închipuie în viața de toate zilele. Îi făceau o impresie curioasă. Mizeriile inerente existenței în comun, micile meschinării, inevitabilele incidente – zece minute în plus la baie, un anume drept la o fereastră sau la o bucățică de cămară violat, curățenia WC-ului, eternele suspiciuni privind consumul de electricitate – și încă altele, o mie, declanșând adevărate războaie în care protagoniștii se apără, atacă, se detestă cu energie inepuizabilă.

Plimbându-și privirea de la unul la celălalt, maiorul schiță rubrici provizorii: un pensionar, o doamnă bătrână, o văduvă în vârstă care știe să zâmbească... Aveau să fie completate ulterior, revizuite, pentru un timp, chiar uitate. Reprezentau însă un start, iar uneori e util să știi de unde ai plecat.

Pentru Cristescu, prima impresie, impresia proaspătă și în general nerecomandabilă, avea o valoare specială. Credea într-o anume crispare a obrazului ori linie a gurii sau într-o ridicare a bărbiei. Detalii inițial izbitoare și pe care obișnuința, cunoașterea mai aprofundată a individului le estompează. Știa cât poate corecta un surâs, o voce caldă sau un gest amabil. Cristescu n-avea nimic împotriva lor, le asimila însă cumva aparte, independent de primul diagnostic.

După douăzeci de ani de meserie, își închipuia că poate califica – cel puțin cu aproximație – licărul răutăcios din privirea lui Grigore Popa, ca și linia coborâtă a gurii proeminente, ochii de copil luminând chipul limpede al Melaniei Lupu. Îi atrăseseră atenția farmecul aproape periculos al sculptorului, obrazul bolnav, răvășit al Valericăi Scurtu. Cel de alături, Panaitescu, își camufla secretul. Expunea o figură rigidă din care viața se alungase ștergând orice expresie. Un cadavru elegant, și atât.

Maiorul înregistra abstract zgomotele familiare din odaia profesorului. Glasul domol al locotenentului

Azimioară dând dispoziții aproape în șoaptă, declicul aparatului fotografic, pașii care-l purtau dintr-o parte într-alta a odăii. Se luau amprente, se lucra delicat cu penseta și pensula muiată în praf de cărbune, se căutau urme și un „nu se știe ce" de obicei amănunt ciudat, uneori revelator, alteori parazitar, totdeauna plin de întrebări.

Arătă cu țigara spre scrinul greoi. Pata de pe zid se întunecase, marginile deveniseră cafenii.

– S-a spart țeava de la apa caldă, explică Melania Lupu, strângându-și jacheta. De aceea e așa de frig.

– Mă întrebam, chiar, făcu absent maiorul. E neplăcut iarna...

– Trebuie să telefonăm la I.A.L. Nenorocirea ne-a făcut să uităm de toate.

– Da, sigur... Evident! Doamna Panaitescu a fost anunțată?

Valerica Scurtu deschise gura:

– Când era s-o facem? Abia...

– Unde s-o anunți? Popa ridică din umeri: E la Praga. Cine-i știe adresa?

– A plecat într-o excursie, preciză Melania Lupu.

Sculptorul vru să spună ceva, dar se răzgândi. Maiorul îl privi câteva clipe, apoi se ridică.

– Aș dori să discut cu fiecare dintre dumneavoastră.

– Adică separat, sublinie cu o nuanță particulară Grigore Popa.

– Bineînțeles... Aveți ceva împotrivă să fiți primul?

Bătrânul puse mâna pe clanță. Observă încet fără să se uite la nimeni:

– Curios! Sunt foarte mulți ani de când nimeni nu m-a întrebat dacă am ceva împotrivă.

Era un interior specific de burlac bătrân, cu fotografii cazone și miros persistent de tutun, cu mobile vechi, moderne acum cincizeci-șaizeci de ani, purtând urmele peregrinărilor din garnizoană în garnizoană. Perdeluțele de la vitrina dulapului înalt erau date la o parte. Se vedeau înăuntru două cești de porțelan, un borcănel albastru de faianță – „iaurt Miorița" – umplut cu nasturi desperecheați, tuburi de zaharină, bani mărunți adunați într-o farfurioară. Pe gheridonul cu placă de marmură și aplicații de bronz se aflau o Biblie legată în piele și discursurile lui Cicero.

Popa îl invită să ia loc în balansoarul din mijlocul odăii. Cristescu refuză. Se apropie de fotografia agățată deasupra biroului.

– Am fost ofițer de carieră, explică bătrânul. Colonel...

– Da, da... îngână maiorul apropiindu-se de fereastră. Locuiți de mult aici?

– Din '50. Sunt cel mai vechi locatar. Ceilalți au venit mai târziu. Ultimul s-a mutat tânărul.

Cristescu ridică ușor perdeaua. Blocul de peste drum semăna cu un vapor. Câte două rânduri de ferestre erau înfipte în muchia circulară. Nevastă-sa visase totdeauna o cameră cu pereți rotunjiți. „În formă de O. Poți aranja mobila ca lumea, și nu pierzi spațiu..."

Un moșneag traversa strada. Ținea de mână o fetiță care mușca dintr-un măr. Mărul și obrajii aveau aceeași culoare.

– Și Panaitescu?

Se așezase pe un scaun desfundat, arcurile îl deranjau, dar îi era jenă să se mute. Bătrânii sunt susceptibili și „n-au bani niciodată"... Strâng pentru boli lungi și costisitoare, calculează sume umflate destinate medicului, surorii, în fine, „cineva care să-ți aducă un pahar cu apă" și se sting de regulă în câteva zile.

Grigore Popa își micșoră privirea.

– Cred că s-a mutat la noi prin '54. '54 sau '55. Scoase o agendă și o răsfoi: Exact: 28 martie 1955. Nevastă-sa a venit ceva mai târziu. Consultă din nou agenda: 14 aprilie.

– De ce?

– Habar n-am. Panaitescu n-a fost un comunicativ, iar eu – râse scurt – nu sunt din cale afară de curios. Când trăiești ca noi, e de ajuns că te suporți.

Mărunt, boțit la față, ceva mai înalt decât un băiețel, semăna cu o maimuță cocoțată pe un balansoar.

Maiorul căută din ochi scrumiera.

– Mulțumesc... E aici. Așadar, sunt foarte mulți ani de când locuiți în comun. Cum de nu ați găsit până acum nicio soluție?

– Hm! Nici n-am căutat-o. Chestiunea m-ar fi interesat cu cincisprezec, chiar zece ani în urmă, dar pe atunci problema caselor era insolubilă. Azi sunt prea bătrân. M-am obișnuit, și pe urmă îmi revine destul de ieftin.

– Și ceilalți?

– Ceilalți! Melania Lupu, presupun, gândește ca și mine. Motanul, o prăjitură și televizorul îi ajung. N-are copii, la ce să-și mai caute o altă casă? Valerica Scurtu așteaptă să se mărite. Așteaptă cam de multișor... Poate speră că nenorocitul o să aibă apartament, poate strânge bani... Nu poți să știi. Sculptorul are gărgăuni. La vârsta lui, capul ți-e la altele. Femei, petreceri... Iar Panaiteștii, ați văzut și dumneavoastră! Nu i-a interesat și nu i-ar fi interesat niciodată o gospodărie. Un pat și un acoperiș le-au fost suficiente. Există oameni din ăștia... Iubesc strada, forfota, locurile publice. Pereții îi apasă. Mă rog, așa cred... Au fost amândoi niște originali.

– Originali, repetă Cristescu scuturând țigara, probabil vă gândiți și la alte aspecte?

Grigore Popa își ascunse pumnii la subsuori încetând balansul.

– Îngrozitor de frig... N-am întâlnit încă un cuplu care să le semene. Ea e dactilografă. N-a vrut să se angajeze niciodată. Lucrează acasă pentru diverşi particulari, de dimineaţă până seara, uneori, dar ideea de a-şi lua un serviciu o înspăimântă. Panaitescu avea licenţa în matematică şi trăia din meditaţii. Mi-a spus odată că n-a pus mâna în viaţa lui pe un catalog. Munceau zece–douăsprezece ore pe zi. Seara, se puneau la patru ace şi plecau în târg.

– Unde?

Bătrânul ridică din umeri:

– Spectacole, vizite, restaurante, cine i-a întrebat?! Mâncau în oraş. Râse din gât: Ăştia n-au deranjat pe nimeni la bucătărie. Stă praful de un deget pe maşina lor de gătit.

Cristescu dădu drumul unui inel de fum. Urmări lung cum se destramă.

– E ceva ciudat...

– Totul e ciudat, declară sibilic Popa.

Ţinea ochii în pământ şi clătina rar din cap:

– Uneori nu mai înţeleg nimic.

Maiorul îl privi atent.

– Vă referiţi la ceva anume?

– Nu... Vorbesc în general.

– Apropo de soţii Panaitescu. Raportat la modul lor de existenţă, sinuciderea, actul în sine, mi se pare nefirească. Mai corect spus, inexplicabilă.

Grigore Popa ridică sprâncenele groase descoperindu-şi ochii vârâţi în fundul capului. Avea pleoape cafenii.

– De ce?

– Oamenii aceştia iubeau viaţa. Într-o manieră cam excentrică, de acord, dar o iubeau intens, o înghiţeau prin toţi porii. Nu-i uşor să ieşi în fiecare seară, mai ales la o anumită vârstă, să consumi restaurante, vizite şi spectacole după ce-ai muncit douăsprezece ore pe zi și ai bătut Bucureștiul în lung și-n lat. Și, dacă v-am înțeles bine, toate eforturile lor tindeau spre asigurarea cotidiană a acestor patru-cinci ore de divertisment. Reprezenta țelul major căruia îi sacrificau tot: confortul imediat, opinia celorlalți în ultimă analiză. Pentru așa ceva trebuie să fii dotat cu o energie, cu o vitalitate ieșită din comun. În sensul ăsta, Panaitescu era ultimul individ care ar fi luat hotărârea să se sinucidă.

„Chestia asta n-a prevăzut-o Melania! Îl privi țintă: O să înghită greu cacealmaua. Dacă o s-o înghită..."

– Și totuși a luat-o. Cine se poate lăuda că-și înțelege semenii?

Îl înecă un acces de tuse și se repezi la dulap. Scoase un flacon cu un lichid incolor. Deșurubă dopul, păru să ezite câteva secunde, apoi îl puse la loc. Continua să tușească. Din cauza efortului, fața i se congestionase, devenise aproape vânătă.

Maiorul încreți fruntea:

– De ce nu luați medicamentul?

Grigore Popa dădu din mână:

– Nu e bine... Am mai luat astăzi de două ori. Știți, inima. Trebuie să fiu atent...

– Aveți dreptate. Glasul lui Cristescu era limpede, lipsit de orice nuanță: Trebuie să fiți atent. Foarte atent...

Se întâlni în hol cu Azimioară. Locotenentul admira scrinul, mângâind cu buricul degetelor florile sculptate în lemn.

– O piesă admirabilă, șopti. Deștepții ăștia și-au bătut joc de el.

– Ceva nou? întrebă Cristescu.

– Deocamdată nimic. Sinucidere clasică.

Întoarse capul. Ușa de la odaia Valericăi Scurtu era întredeschisă. Maiorul ar fi pariat pe orice că femeia supraveghează holul. Privirea îi alunecă spre camera sculptorului. Clanța se mișca abia simțit. Un ochi negru cercetă încăperea, apoi dispăru.

Cristescu râse încetișor.

5

TATONĂRI

– Poate că doriți să luați masa, spuse maiorul privindu-și ceasul. Nu vreau să vă deranjez.

Valerica Scurtu își ridică părul de pe frunte.

– Nu, nici gând... M-am obișnuit să mănânc mai târziu. Abia la patru ies de la serviciu.

Își făcea treaba prin casă, îndreptând inutil câte un obiect. Avea mâini lungi și slabe, ca de păianjen. Părea nervoasă. Gura nemulțumită se mișca și atunci când nu spunea nimic.

„O femeie care țipă ușor, își zise Cristescu privindu-i fața pământie. Țipă și plânge."

Interiorul i se păru searbăd, caracteristic de fată bătrână: curățenia – devenită manie, excluzând orice alte preocupări – supraaglomerare de bibelouri mici și ieftine, kilometri de broderie apretată. Sub masa televizorului se aflau colecția revistei *Magazin* și-o grămadă de cărțulii pline de învățăminte: *Mâine avem oaspeți*, *Îngrijirea tenului*, *Cum să ne pieptănăm singure*, *Știți să vă croiți o rochie?*

Judecând după capotul şleampăt, cu o garnitură oribilă de ciucuri şi cerculeţe, maiorul îşi zise că autoarea nu izbutise grozav în intenţiile ei.

– Sunteţi în concediu?

– Nu. Am o recuperare. Mă gândeam să deretic ca lumea.

Cristescu privi uimit în jur:

– Ce să mai dereticaţi?

Femeia îşi strânse buzele. Răspunse didactic:

– Curăţenia nu se face. Se întreţine! Azvârli bărbia spre uşă: Unul nu pune mâna! Bătrâna ştie de zaharicale şi de parizerul motanului. Atât! Când e să dea cu mătura, o doare subit degetul ori se vâră în pat cu o carte. E, chipurile, indispusă. Panaiteasca... Făcu un gest de lehamite: Eu vă spun sincer, mă mir de ce o ţinea bărbatu-său! Enumeră repede pe degete: Nu tu gătit, nu tu spălat, nu tu o mâncare ca lumea, o murătură, o dulceaţă, nu tu un ciorap cârpit. *Alimentara*, *Nufărul* şi *Expresul* din colţ!

Maiorul îşi ascunse zâmbetul. Recunoştea în tonul Valericăi Scurtu indignarea virulentă a fetelor bătrâne faţă de păcatele unei femei căsătorite. Nimeni nu le condamnă mai aspru, iar subtextul e străveziu: „Astea au noroc! Ce folos că eu..."

Observă plat:

– E neplăcut să locuieşti în comun. Din orice fleac se poate isca un incident. În locul dumneavoastră, aş căuta un schimb sau, în sfârşit, altă variantă...

– O să încerc mai încolo, spre primăvară, răspunse femeia în doi peri. Acum am altele pe cap!

Cristescu întrebă brusc:

– De ce credeţi că s-a sinucis Panaitescu?

Peste ochii Valericăi Scurtu trecu o umbră ciudată. Se apropie de geam, vorbind cu spatele:

– S-o fi săturat de viața asta bezmetică. Parcă poți să știi? Erau oameni ascunși. Odată, de un Crăciun, i-am chemat la o felie de cozonac. Abia mă mutasem, credeam că așa se cuvine între vecini. Au zis că n-au timp. Eu, una, știu că nu le-am mai bătut la ușă. Dacă nu era bătrâna, putea să zacă mult și bine!

– Ați remarcat ceva deosebit în comportarea lui? Mă refer la ultimele zile.

Valerica Scurtu ridică ochii. Privirea-i strălucea.

– Nu, n-am remarcat.

„A simțit ceva! Trebuie să-mi păstrez calmul. Doamne, Dumnezeule! Trebuie. Altminteri..."

– Credeam că poate întâmplător...

Femeia scutură capul. Lovi cu piciorul în parchet:

– Nu mă interesează! Nici el, nici ceilalți. Nimeni! Auziți? Din partea mea poate să...

Își mușcă buzele și izbucni în plâns.

Cristescu o privi surprins și se ridică.

Doru Matei îl aștepta cu ușa deschisă. Zâmbea superior ca omul care a trecut prin situații asemănătoare, iar acum asistă la confirmarea unor pronosticuri. Făcu un semn spre odaia Valericăi Scurtu:

– I-a ars finala! De când tot așteaptă un mascul, s-a sonat complet!

– N-aș fi zis că pereții sunt atât de subțiri, observă maiorul zâmbind.

– Foiță de țigară! Nu vă uitați că e casă veche. Dar luați loc, vă rog!

Îi împinse un taburet mic de lemn cu trei picioare. Într-un colț, erau înghesuiți mai mulți saci de ghips. Siluete ciudate, obiecte sferoide și ovoidale, din care răsărea pe neașteptate câte un ciot lung și contorsionat, stăteau pe niște postamente rudimentare. Divanul, foarte scund, se afla sub fereastră. Afișe de la expozițiile sculptorului incendiau pereții în tonuri violente de roșu, verde intens, negru și portocaliu.

Cristescu se opri în fața obiectelor.

– Ce reprezintă?

– Fiecare în parte, nimic. Urmează să fie asamblate.

– Aha! făcu maiorul, ca și cum ar fi încercat brusc o revelație. Privi în jur și se interesă profan: Și modelul?

Matei avu o schimă de repulsie:

– Model! Cine mai lucrează azi după model?! Poate pe la cămine culturale. Atinse unul dintre obiecte: Lucrarea se va numi *Gânduri*. Nu vi se pare sugestiv?

Cristescu se întrebă vag dacă sculptorul nu-și bate joc de el.

– Extrem de sugestiv...

Celălalt se ambalase:

– Găselnița mi se pare uriașă. Gânduri! Ce poate fi mai imponderabil, mai inform, mai de coșmar, rotund, convex sau rectiliniu? Gândul! Ați reflectat vreodată ce formă poate lua gândul?

– Nu, mărturisi maiorul. Lucrarea aceasta v-a fost comandată?

Matei își strâmbă gura disprețuitor:

– Pe dracu'!

Din cauza scaunului scund, genunchii îi ajungeau aproape de piept. Se uită lung la sculptor, încercând să-i descifreze ochii luminoși, cu scăpărări de râs. Acesta își aprinse o țigară și aruncă neglijent chibritul.

– Puteți să-i dați drumul. Apropo de Panaitescu, nevastă-sa și etc.

– Ce-i cu nevastă-sa? ridică sprâncenele Cristescu.

– În chestii din astea te gândești totdeauna la o femeie. Acum însă nu-i cazul. Individa e ștearsă, genul care după douăzeci și cinci de ani încetează să prezinte interes.

– Ca să vezi! Mi-a fost descrisă cu totul altfel. O femeie elegantă, mondenă, amatoare de divertismente.

Matei începu să râdă. Se trânti pe pat.

– Recunosc – desigur îndulcit – stilul Valericăi. N-o luați în seamă, domnule maior. Are reprezentări ciudate despre oameni. Îi vede cu picioarele în sus și capul în jos, fără degete sau cu un singur ochi. Fatal! E trist un pat rece. Aș pastișa: Culcatul solo naște monștri. Cândva, tanti Melania...

– Doamna Lupu?

– Îhî! A încercat un act de caritate. A pescuit un fraier și l-a adus la vedere. L-a vrăjit că fata are zestre, că e gospodină, că face rață pe varză și gogoșari premiați la nu știu ce concurs, în fine partitura completă.

– Și?

– Când a dat cu ochii de ipochimenă, nenorocitul a prins o expresie sfâșietoare. Și-a adus aminte că a uitat reșoul în priză – era un spontan – și a luat-o la goană! Acum înțelegeți, sper, de ce Valerica n-o înghite pe Panaiteasca. Pe aia n-a premiat-o nimeni pentru gogoșari, în schimb avea un bărbat.

– Am discutat și cu domnul Popa, începu maiorul.

Sculptorul își vârî adânc mâinile în buzunare.

– Și ce v-a spus?

– S-a exprimat cam în aceiași termeni despre doamna Panaitescu.

– Firește! Ăștia doi, Valerica și Popa, sunt niște cârtițe. Oameni care nu știu să se bucure de viață și le stă în gât când altul se înfruptă cu polonicul. Le părea pur și simplu rău când vedeau că Panaiteștii se amuză colosal, că se simt bine împreună, că n-au nevoie de nimeni. Nu erau frumoși, nu erau bogați, nici măcar prea tineri, dar se înțelegeau și se bucurau pentru că azi e luni sau marți, sau duminică. Asta le ajungea ca să se bucure!

Căutau în orice un prilej de fericire și plecau la cârciumă să sărbătorească cel mai absurd eveniment: că a nins sau că ea inaugura o pălărie nouă. Găseau un pretext de a fi în al șaptelea cer. Nu vi se pare formidabil?

Cristescu îl scrută curios. Tânărul vorbea plin de căldură, iar în obrajii palizi, osoși năvălise un val de sânge.

– Neobișnuit, în orice caz...

– Comentam într-o zi cu contabilul...

– Care contabil?

– Vâlcu! E și el vecin cu noi. Un tip foarte nostim... Îi plac sprițul și femeia vopsită. Are o colecție întreagă: roșii, galbene și, mai cu seamă, indigo. Când îl cauți, e la dame!

– La ce oră se întoarce?

– De obicei, pe la al treilea cântat al cocoșilor! Acu-i în concediu.

– A plecat de mult?

– Azi-dimineață, înainte de... Ce mai! Are fler flăcăul... Discutam într-o zi: Panaiteștii au fost singurii care nu obiectau să dea doi lei în plus la apă sau lumină, au acceptat fără să cârtească tirania Valericăi și a lui Popa. Habar n-aveți cine sunt ăștia! O viperă și un șacal bătrân!

Din odaia alăturată bubui glasul bătrânului:

– Măgarule! Ce impertinență!!

– Poftim! Vă place!? Ascultă pe la uși, îți numără dumicații, se uită pe gaura cheii, cronometrează minutele cât stai în baie, se ține de intrigi. Adaugă în șoaptă: Moșul are o listă cu dușmanii eșalonați pe ani și epoci: antebelică, interbelică și postbelică.

– Cum așa? râse maiorul.

– A luat-o din fragedă pruncie! Îl ține minte pe unul care i-a umflat biberonul în leagăn sau pe altul care i-a băgat praf de scărpinat pe ceafă în liceu. Nu glumesc! Îi trece în catastif și consultă zilnic decesele din

România liberă. De groază! Rugați-l din curiozitate să vă arate carnețelul. O să vă placă!

– Îl vedeți capabil de crimă?

Doru Matei se crispă. Îl privi în ochi.

„Cine dracu' m-a pus să-l spurc?"

– A, nu... Asta, desigur, nu. Încercă să râdă: Ar fi o aberație.

– Până acum mi-ați explicat altceva.

– M-ați înțeles greșit. Sculptorul se redresă: Moșul e un reformat din toate punctele de vedere. Că-i pestriț la mațe, sunt de acord, dar de aici și până la... nu, hotărât e absurd!

– Și ceilalți?

– Cine? Valerica? Hohoti strident: Țipă când vede o gânganie. Mai nou, face cură de chefir. Ați văzut gangster să consume chefir?!

– N-am văzut. Despre Melania Lupu ce părere aveți?

– Se dă în vânt după jeleuri, rade cam la jumate' de kil pe zi, filme cu cowboy și motanul Mirciulică! Așa-l cheamă. În fiecare seară, îi citește din Andersen și Frații Grimm. Duminica povestește Scufița Roșie. O aud bombănind până noaptea târziu. Conchise bătând cu degetul în tâmple: Soni...

Cristescu își privi mâinile înguste, apoi ochii i se opriră la vârful pantofilor.

– Sunteți convins că Panaitescu s-a sinucis?

– Bine, dar... Sculptorul apucă strâns de spătarul unui scaun: Orice altă ipoteză mi se pare de neconceput, absurdă!

Maiorul îl măsură calm:

– Nu chiar atât de absurdă. Amintiți-vă ce mi-ați relatat despre vitalitatea lui, despre formidabilul său apetit de viață, în ultimă analiză, despre natura sa fericită. Un *jouisseur* – căci asta era Panaitescu – nu-și ia niciodată zilele. Mai ales pentru un motiv atât de nebulos. Incapacitate de adaptare, spleen etc.

„Am încurcat-o! Clar! Tipul s-a prins. Fi-ţi-ar ideile ale dracului, coană Melanio!“

Ridică din umeri:

– De ce nu? În fond, era un neadaptat. Chiar acest mod de existenţă dezorganizat, acest nonconformism reprezintă simptome certe.

Cristescu îşi plimbă liniştit ochii de-a lungul pereţilor. Spuse încet:

– Şi dumneavoastră sunteţi un nonconformist. Nu vă văd însă punându-vă juvăţul de gât. Iar ceea ce-mi prezentaţi drept probe de neadaptare nu mă convinge. Confundaţi această, hai să-i zicem, infirmitate cu un modus vivendi extrem de original, excentric. Soţii Panaitescu aveau o tendinţă uşor anarhică de a vedea lucrurile. Au rămas ca şi alţii la superstiţia liber-profesionismului. „N-am condică, n-am şef, îmi iau concediu când vreau...“ Oftă: Toate astea nu par deloc motive de sinucidere.

– Absurd! repetă Matei. Contestaţi însăşi evidenţa!

– Evidenţa, surâse Cristescu, sau poate numai aparenţele.

Azimioară îl aştepta pe un scaun în faţa scrinului.

– Aţi isprăvit? se interesă maiorul.

– Da. În câteva minute soseşte ambulanţa să ridice cadavrul. Materialele sunt deja la laborator.

– Perfect! Îşi privi ceasul: În maximum douăzeci de minute termin şi eu. Ce-a zis medicul legist?

Locotenentul ridică din umeri:

– Cianură. Autopsia va fi o simplă formalitate.

Maiorul privi în gol, apoi se îndepărtă cu umerii încovoiaţi. Bătu în uşa Melaniei Lupu.

Popa tresări. În prag apăruse Doru Matei. Se apropie vorbind în şoaptă:

– Nu-mi place!

Bătrânul opri balansoarul şi întinse gâtul.

– Ce nu-ţi place?

– Caraliul ăla gras nu se desprinde de scrin. Îl măsoară, îl pipăie... Poate apasă o dată bine...

Grigore Popa se chirci. Îşi scoase mâinile de sub broboada groasă. Erau noduroase, cu degete crispate ca nişte rădăcini, prea mari pentru trupul firav.

– Dar să mănânci borş pe socoteala mea ţi-a plăcut? Eşti prost, băiete! Şi ticălos pe deasupra!

– Ascultă!

– I-ai băgat în cap că i-am dorit moartea lui Panaitescu sau că aş fi putut să-l ucid şi-acum nu mai scăpăm de el! Oftă. Nu ştiu cum o să se termine povestea asta... Sculptorul simţi un fior pe şira spinării. Încleştă dinţii:

„Fără panică. Ar fi cea mai mare greşeală."

Râse nervos:

– Dimpotrivă, papa! Înjurându-ne reciproc va conchide că-n orice caz nu e o treabă colectivă... L-am aiurit, ascultă-mă pe mine!

Din prag, îi trimise o bezea graţioasă şi ieşi.

Grigore Popa se vârî mai adânc în broboadă.

„Ce ştie prostul ăsta..."

Închise ochii. Imagini rupte, sparte, izbucneau din întunericul amintirii. Legau un caleidoscop fără noimă. Apoi ceva transparent, diafan, ca un surâs abia schiţat se strecură sub pleoapele bătrânului. O apariţie feerică. Adieri de vânt îi drapează trupul ca în sculpturile lui Michel... Inima i se opreşte. Femeia ţine în mână un stilet lung cu lama încovoiată. Îl ascunde, ca şi zâmbetul, în spatele evantaiului.

– Ce vrea? șopti înăbușit Valerica Scurtu. De când a venit nu se dezlipește de scrin. Îmi vine să...

Melania Lupu duse degetul la gură:

– St, draga mea! Ar putea să ne audă. Nici mie nu-mi place...

Apăsă pe comutator. Bucătăria se umplu de o lumină tulbure. Valerica Scurtu își înfipse unghiile în părul cleios.

– Scoate-l de-acolo! Nu mai suport!

Bătrâna se cocoță pe un scaun și apucă o oală uriașă cu capac. O trânti cu toată puterea de ciment. Zgomotul asurzitor se prelungi câteva secunde.

În prag apăru Azimioară înspăimântat.

– Ce se întâmplă?

– Oh, iertați-mă, se scuză bătrâna, confuză, cu un zâmbet vinovat, mi-a scăpat din mână. Sunt atât de neîndemânatică...

Melania Lupu stinse lumina din bucătărie și intră în hol cu o farfurie de minciunele. Motanul i se încurca printre picioare.

Cristescu zâmbi.

– Tocmai mă întrebam...

– Vai, pe mine mă așteptați? De ce nu mi-ați spus? Îmi pare extrem de rău.

Bătrâna înaintă cu pași precipitați. Remarcă privirea lui Azimioară și-i întinse farfuria.

– Vă rog să serviți! Sunt proaspete.

Locotenentul refuză încurcat. Pretextă ceva în legătură cu silueta. În fond, nu suporta prăjiturile preparate pe bază de untdelemn: gogoși, minciunele, checurile economice cu parfum de floarea-soarelui... Nevastă-sa gătea ca la carte, rețete sofisticate cu migdale și alune trase în ciocolată, cu glazuri sticloase și șerbeturi fine, în culori pastelate, tarte gingașe, zimțuite, în care căpșunile sau boabele de struguri se strecurau ca într-un paneraș elegant. Detesta falsurile și băga câte douăzeci de gălbenușuri într-un kilogram de cozonac, papanașii se înecau în unt, cantitatea de frișcă depășea de două ori felia de tort.

– Nici dumneavoastră, domnule maior? Stai, Mirciulică!

Motanul i se cățăra pe poale, încercând să ajungă la farfurie. Melania Lupu îi aruncă o prăjitură pe care pisica o prinse din aer.

Intrară în odaie. Bătrâna puse o pernă pe jilțul vechi cu paiul găurit și-l pofti să șadă.

Maiorul luă la întâmplare un album îmbrăcat în catifea verde – *vert bouteille* ar fi zis Melania Lupu – și deschise absent prima pagină.

– Când mi-am luat bacalaureatul, șopti femeia roșind. De fapt, a coincis cu logodna.

– Poftiți?! A, da...

Era o fotografie sepia, făcută în gustul epocii, cu aproape jumătate de veac în urmă. O față cuminte, cu frunte înaltă, înconjurată de bucle castanii. Doi zulufi îi scăpau pe lângă urechi. Izbea aerul de curățenie, ceva candid, nealterat, pe care bucata de carton reușea s-o comunice. Ochii larg deschiși priveau cu încredere. Un optimism romantic. Rochia neagră, bine închisă la gât, avea mâneci bogate de dantelă, ce se strâmtau la coate.

Cristescu puse albumul pe masă.

– Ați fost prietenă cu familia Panaitescu?

– Prietenă? Melania Lupu zâmbi stânjenită: N-aș putea spune asta... În orice caz, buni vecini. Nu uitați că sunt mult mai tineri. La vârsta mea nu mai interesez pe nimeni.

– Condițiile în care trăiți favorizau totuși o apropiere.

Bătrâna clătină capul. Se juca, distrată, cu ceasornicul care-i atârna la gât.

– Se vede că nu locuiţi în comun. Fiecare a depus eforturi să ne vedem... Nu, nu ăsta-i cuvântul! Nu să ne vedem cât mai rar, ci să ne incomodăm cât mai puţin. De pildă, eu gătesc între nouă şi unsprezece dimineaţa. Ştiu că bucătăria e goală. Domnul Vâlcu face primul baie. La şapte jumate trebuie să fie la birou. Urma domnul Panaitescu, care începea lecţiile după opt şi aşa mai departe. Ne-am aranjat în funcţie de program. Soţii Panaitescu îl aveau pe al lor unde nu putea pătrunde nimeni.

– Vă referiţi, desigur, la o rezervă pe care au impus-o.

– Într-un fel. Bătrâna îşi aţinti privirea limpede în tavan: Sunt singură de foarte mulţi ani. Soţul meu a murit în 1955, iar copii n-am avut. Vreau să spun că aş fi fost dispusă pentru relaţii mai calde. Nu s-au lăsat însă contactaţi. Fireşte, la modul discret. Ea e foarte amabilă, are un farmec personal, te simţi extrem de bine în prezenţa ei. Totuşi...

– Totuşi?

– Nu îndrăzneşti să-i baţi în uşă. Ai sentimentul că oricând o deranjezi, dar e destul de politicoasă ca să nu ţi-o spună. Am să vă explic mai clar. De când îi cunosc, n-au cerut vreodată nimic vreunuia din noi. Ştiţi cum e între vecini! Un praf de vanilie, un pahar de ulei, un pumn de orez sau zece lei împrumut. Se întâmplă să-ţi lipsească uneori. Comportarea i-a ţinut la distanţă pe toţi.

– Chiar pe toţi?

– Dacă vreţi, singura excepţie ar fi domnul Vâlcu. Sunt abonaţi împreună la *Paris Match*. Dumnealui era dispus să le împrumute oricum revista, dar soţii Panaitescu n-au acceptat. Au ţinut cu tot dinadinsul să suporte o jumătate din preţul abonamentului.

– Sculptorul mi-a spus că a plecat azi-dimineaţă.

– Exact. Va regreta totdeauna, sunt sigură, că nu şi-a luat rămas-bun de la domnul Panaitescu, decât superficial. Dar cine putea şti...

– Unde îşi petrece concediul?

– La Iaşi, la sora dumnealui. O femeie extrem de distinsă... În viaţa mea n-am văzut o caligrafie mai delicată. Se îmbujoră: Literele par nişte ghiocei... A fost o singură dată în Bucureşti. Am petrecut admirabil. Tricotam împreună după-amiezi întregi. Ceasuri cu adevărat fermecătoare... Din nefericire, vecinii mei n-au fost suficient de amabili cu ea. Surâse: nici cu mine...

– În consecinţă, aţi renunţat la orice tentativă de apropiere?

Formula întrebările sec, convenţional. Definise în sfârşit sentimentul pe care-l încerca de când intrase în această locuinţă. Oamenii păreau ascunşi în spatele unei baricade. Amabilitatea – o amabilitate convenţională – le poleia subţire manevrele. Pentru prima oară, avea certitudinea că discuţiile nu duc nicăieri, că trebuie abordat un alt gen de anchetă. Un gând tulbure îi aduse pe buze cuvântul „complot“ şi Cristescu tresări, privi uimit în jur ca şi cum impresia ar fi răsărit de acolo, din odaia bătrânei, ar fi generat-o un obiect, o mobilă sau altceva.

Melania Lupu continua să zâmbească. Vorbea frumos, o voce care-şi păstrase tinereţea, ţinea mâinile delicate în cutele capotului.

– ...inutil, bineînţeles. Nici eu nu sunt de acord, mi-e greu să-i înţeleg pe oamenii care se bagă cu forţa în viaţa lor, povestesc, nu-i aşa, amănunte penibile, cu o lipsă de pudoare jenantă. Cu familia Panaitescu însă se petrecea altceva. Trebuie să recunoaşteţi, domnule maior, fenomenul e puţin comun. Locuim de atâţia ani împreună, dar n-aş putea spune cum arată exact o singură zi din viața lor. Fleacuri lipsite de importanță, mărturisite în bucătărie când aștepți să nu dea laptele în foc: „Aș merge la Brăila, la mama, de sărbători“ sau „atât costa în '47, când ne-am căsătorit“, „uite, vinul ăsta îl am de la soacră-mea, care are optzeci și unu de ani, stă cu sora lui bărbatu-meu“ etc. Când le auzi, nu le dai importanță, dar când nu le auzi deloc, sfârșești prin a deveni circumspect.

– Nu cumva această atitudine urmărea să ascundă anumite chestiuni?

Bătrâna făcu ochii mari și maiorul completă:

– Ceva ascuns în trecutul soților Panaitescu. Mă gândesc la o discreție impusă de împrejurări speciale.

Femeia începu să se joace cu ciucurii de la fotoliu. Se aplecase și printre bucle i se vedea pielea capului foarte roz.

„Cât e de departe de realitate, draga mea... Numai tu ești în stare să-ți dai seama... Mistere în viața Panaiteștilor! Niște oameni drăguți, inofensivi. Doreau doar să fie lăsați în pace. Dar important e ca el să creadă altfel... Și pentru ca să creadă altfel...“

Spuse într-un târziu:

– Nu cred.

– De ce?

– Pentru că de obicei tocmai o astfel de stratagemă ar atrage atenția. E ca și cum te-ai afla pe stradă și dintr-odată începi să alergi, să privești în urmă, să-ți cauți umbra.

– Înțeleg, șopti maiorul.

– Firește, râse Melania Lupu, când vrei să te ascunzi, nu trebuie să ai aerul că o faci. Soții Panaitescu erau discreți pentru că pur și simplu așa aveau chef să fie. Așa fuseseră clădiți.

– Observ că discutați tot timpul despre „ei“ ca și cum nu vi-i puteți imagina despărțiți.

Bătrâna rămase o clipă cu mâna în aer.

– Aveți dreptate. Nu m-am gândit niciodată la asta... Erau într-adevăr nedespărțiți. În mod curios nedespărțiți, pentru că el lipsea aproape toată ziua. Dar când îi vedeai împreună, simțeai că pentru fiecare celălalt e singura ființă care contează. Mai mult decât dragoste... Obrajii doamnei Lupu se împurpuraseră, părea extrem de tânără.

– Tocmai în acest context, sinuciderea lui Panaitescu rămâne fără explicație...

– Fără explicație? Melania Lupu îl privi cu ochi limpezi, de cristal. De ce?

Maiorul se simți brusc obosit. Motanul se cățărase pe pervaz privind amiaza înaltă, străpunsă de un soare înghețat. Silueta neagră se detașa precis, semăna cu opturile cu mustăți și coadă bârligată din abecedarele vechi.

– Oricum, dezertarea lui Panaitescu reprezintă un act criminal, față de nevastă-sa, bineînțeles. Adăugă moale: Și dacă ceea ce mi-ați relatat corespunde realității...

– Credeți că v-am... mințit?

Melania Lupu zâmbea tremurat. O pânză de lacrimi îi inunda ochii.

„Așa, draga mea, doar știi că-ți stă bine când plângi. Ești singura femeie bătrână din câte cunoști care-și poate permite să plângă fără ca asta s-o urâțească. Acum se va simți prost, va avea impresia că te-a jignit. Un punct câștigat pentru tine..."

Maiorul își întoarse privirea jenat.

– Dumnezeule! E de ajuns să fi romanțat puțin...

– Nu cred, domnule maior. La vârsta mea știu ce înseamnă un cuplu fericit.

„Eschiva clasică a bătrânilor", reflectă Cristescu. „Cum se simt în încurcătură, fac aluzie la vârstă. Se uită la Melania Lupu: Oare se simte în încurcătură?"

Femeia se chircise. Își pierduse sprinteneala și părea jignită până în adâncul sufletului. Îl impresionă trupul cu umerii înguști, brațele subțiri lipsite de putere. Părea neajutorată, vulnerabilă, o fetiță colilie și cu riduri care n-a învățat încă să-și poarte de grijă. Pe comodă era așezată o păpușă veche, foarte frumoasă. Cristescu încercă un imbold ciudat. Să pună păpușa în poala Melaniei Lupu, s-o mângâie pe buclele albe.

– Nu vreți o dulceață? întrebă bătrâna cu glas șovăitor.

Maiorul se scuză și ieși tulburat. Se simțea nemulțumit de el.

Se despărțiră în pasajul subteran de la Universitate. În jurul lor, lumea mișuna, studenți gălăgioși, cu câte o mapă sub braț și mâinile încrucișate jos, la poalele canadienelor îmblănite, femei aruncând priviri distrate în vitrine, câte un puști care se „dădea cu scara", iar treaba îl înveselea nespus. Un bărbat cu capul descoperit și fular de mohair aștepta, lângă florărie, consultându-și mereu ceasul. În bar, chelnerii purtau tăvi cu pahare înalte și paie. O jună, cu vindiac lucios și plete până la talie, fuma plictisită în fața unui bărbat elegant care făcea eforturi s-o amuze. La telefoane, așteptau câteva persoane, alături, două cucoane grăsulii, aferate, pline de saci, pachete, cercei, gulere de blană, își sărutau aerul de lângă urechi după o despărțire de o zi.

Ochii maiorului alunecau fără să se oprească. Forfota mulțimii îi făcea bine. Locotenentul se grăbea la masă. Gura i se umplu de salivă. Văzu mormanul de colțunași cu unt și smântână care așteptau în cuptor, la cald – nevastă-sa îi comunica meniul de dimineață –, crema la pahar cu nuci pralinate și stafide, mustind de rom, apoi deliciul cafeluței dulci (cafea, cacao și o lingură de frișcă) servită cu ighemonicon în biroul lui. „Maică-mea, spunea doamna Azimioară râzând, a mâncat toată viața în bucătărie pe un colț de masă ca să nu strice odaia cea bună, a băut din cești ciobite, fără toartă, arzându-și degetele. La cutremur, i s-a dus dracului odaia, lenjeria i s-a tăiat în șifonier, iar tata și-a luat lumea în cap. Bietul de el, doar când trecea pe lângă o casă de economii, i se tăiau picioarele..."

– Melania Lupu mi-a cerut „aprobarea" să ia înapoi trupul lui Panaitescu. Evident, după autopsie.

Azimioară ridică sprâncenele:

– De ce?

– Nevastă-sa e în străinătate. Vor să se ocupe ei de înmormântare, parastas etc.

– Frumos din partea lor!

Cristescu îi întinse mâna.

– Să trimiți scrisoarea lui Panaitescu la expertiză.

Azimioară își miji ochii mici.

– E ceva în neregulă?

Maiorul râse:

– Dimpotrivă, dragul meu. Totul e perfect. Chiar prea perfect.

Cristescu se îndepărtă urcând încet treptele spre Muzeul de Istorie. Azimioară rămase locului câteva secunde, apoi luă scara rulantă în direcție contrarie. Înregistră absent discuția din spate, două fete cu haine de blană și cizme albe.

– Jimmy – i-am zis –, mama ar vrea să vadă cum arăți... Știi ce mi-a răspuns? Vocea subțirică se sufoca: „Ei drăcie, n-am nicio fotografie mai recentă".

Locotenentul surâse. Cumpără niște trandafiri de la o țigancă și o luă pe Edgar Quinet.

6

CASA GROAZEI

Pendula din camera lui Grigore Popa bătu de unsprezece ori.

Cu capul lipit de fereastră, Doru Matei încercă să străpungă întunericul. Purta un cojocel fără mâneci, iar fularul lung, roșu și-l înfășurase de câteva ori în jurul gâtului.

– E un ger crâncen!

Răsuflarea tulbură sticla rece, iar câteva clipe cuvintele rămaseră agățate de geam. Adăugă, bâțâindu-se de pe un picior pe altul.

– Și o lună! Ca un dovleac congelat.

Privi spre ceilalți încântat de comparație. Popa bombăni ceva. Își ștergea tot timpul nasul umed cu o batistă dubioasă, mototolită în mănușile de lână, apoi consulta rezultatul.

– Măcar dacă am avea un radiator...

– Or să se mire al naibii cei de la Miliție când or să vadă că n-am reparat instalația, completă sculptorul.

– Ce?! se sperie Valerica Scurtu. Vin iar?

Era vânătă de frig. Peste capot pusese un palton vechi. Lațele rare se confundau cu gulerul de blană gălbuie.

Matei îi aruncă o privire întâmplătoare.

„Dumnezeule! E hidoasă. Parcă ar fi un păianjen."

Sprâncenele desenate inegal dispăruseră, lăsând un chip pleșuv cu fardul scorojit, ca o a doua pieliță, de var.

Melania Lupu ieși din bucătărie mestecând.

– Firește că vor veni.

Popa o privi iute:

– De ce? Formalitățile s-au terminat, pe Panaitescu – ideea dumitale – ni l-au rambursat. Râse sinistru: Acum îl veghem. Mâine vom plânge la înmormântare.

Bătrâna clătină capul. Pe figura senină nu se citea deloc oboseala. Se așeză și motanul îi sări în poală.

– Se vor întoarce! E ceva care nu i-a convins. Nu știu ce. Poate atmosfera...

– Aiurea! opină sculptorul întinzându-și picioarele. Dacă intrau la idei, nu-l returnau pe Panaitescu.

Melania Lupu mângâia capul motanului. Zâmbi:

– Tocmai autopsia asta terminată în timp-record nu-mi place! De ce s-au grăbit?

– De ce? întrebă Grigore Popa.

– Nu știu. Am să mă gândesc.

– Îngrozitor, izbucni Valerica Scurtu, nu mai rezist! Treizeci și cinci de ore de când n-am dormit, de când n-am luat ceva în gură! Simt că-mi pierd mințile!

Matei aprinse o țigară. Ochii îi străluceau malițios.

– Ți-a rămas ceva tocană. De ce nu mănânci?

– Chiar, draga mea, Melania își răsuci trupul subțire, nu-i sănătos să stai flămândă.

Popa râse înfundat. Nici el nu înghițise nimic. Știa că e absurd, dar nu mai avea încredere nici în apa de la robinet. Rezista bine, își cunoștea puterile. În tinerețe, făcuse exerciții de voință. Era o modă, circulau tot felul de cărţulii despre personalitate şi arta de a fi fericit. Trecea cu succes testele („hm, alt termen inventat după război“) întocmite de autori şi asta-l umplea de satisfacţie. Se simţea bine, puternic, deasupra celorlalţi. Se uită cu dispreţ la sculptor, neras, jigărit, cu faţa trasă şi cu ochii ca două făclii.

„Va ceda repede, ca şi nenorocita astalaltă. Nu şi bătrâna...“

O privi pe furiş, încercând să descifreze ce se întâmplă dincolo de expresia senină. Femeia îl nedumerea, de fapt nu putea să-şi ierte că se lăsase păcălit atâţia ani. O ignorase totdeauna, o fiinţă fără importanţă, nebună după dulciuri şi curse. Nu scăpa un concurs, iar Matei îi şoptise că pariază până la ultimul leu. Când pierdea, continua să zâmbească şi nu mai călca prin bucătărie. Ronţăia în odaia ei bomboane englezeşti, se uita la televizor şi aştepta pensia...

– Du-te, fetiţo! o îndemnă bătrâna. Îţi garantez că...

Valerica Scurtu se zvârcoli ca o viperă.

– Ţi-ai pierdut răbdarea, nu-i aşa? Crezi că n-am văzut cum te ghiftuieşti?Asta înseamnă că nu ţi-e frică. Nu ţi-e frică pentru că tu l-ai omorât pe Panaitescu!

Cuvintele ţâşneau înecate de ură, împrăştiind stropi mari de salivă. Era congestionată, iar gâtul părea un ghem de frânghii.

Matei îi împinse reflex sticla cu rom. Femeia îl lovi violent peste mână.

– Tu şi cu baba aţi pus totul la cale. Ucigaşilor!

Melania Lupu, roşie la faţă, lăsă capul în jos. Abia îşi stăpânea lacrimile.

– E turbată! comentă sculptorul împingând cioburile cu vârful ghetei.

Valerica Scurtu sări în picioare azvârlindu-şi haina cu o mişcare a umerilor. Toată faţa îi tremura.

– Iată în sfârşit un sfat plin de bun-simţ, observă Grigore Popa.

– Aşa?! Va să zică aşa?! Ei bine, v-o fac eu! Isprăvim noi şi comedia asta! Chem Miliţia!

Se repezi spre telefon şi ridică receptorul. Matei schiţă un gest s-o oprească. Melania Lupu duse degetul la buze şoptind:

– Lăsaţi-o.

– Ai căpiat?! Nebuna e în stare să toarne tot.

Grigore Popa se ridică din fotoliu. Îngăimă:

– Apasă pe furcă, pentru numele lui Dumnezeu!

Bătrâna respiră adânc:

– Domnişoara Scurtu are dreptate. Tablourile astea sunt un blestem. Le vom preda domnilor de la Miliţie. E desigur mai bine aşa.

Vorbea fără să-şi dezlipească ochii de spinarea femeii. Valerica Scurtu rămase cu degetul în orificiul discului. Spatele-i tresări, traversat parcă de un curent electric şi lăsă receptorul. Începu să plângă.

Melania Lupu suspină uşor. Pe buze îi alunecă un zâmbet de gheaţă.

Bătrâna ciugulea drajeuri mici de ciocolată dintr-o pungă cafenie. Întinse reflex bomboanele spre Valerica Scurtu, dar se opri la jumătatea drumului.

Femeia nu observase intenţia. Continua să plângă cu faţa ascunsă în îndoitura cotului.

– Şi totuşi nu putem continua aşa! observă iritat sculptorul. Nemâncaţi, nedormiţi, plus pleaşca asta cu înmormântarea lui Panaitescu.

Popa îşi suflă nasul.

– Eu n-am să merg. Sunt răcit. În capelă e frig, trebuie să stai cu capul gol.

– Eşti deştept, papa, dar nu ţine! Ori mergem toţi, ori niciunul.

– N-ai să-mi dai dumneata lecţii, tinere! În ce te priveşte, faci ce pofteşti.

– Nu trebuie să ne certăm, interveni domol Melania Lupu, nu se cuvine, şi făcu semn spre odaia lui Panaitescu. Se vedeau lumânările aprinse, sicriul. Sculptorul închise ostentativ uşa.

– Mă indispune!

– Să nu luăm foc, aveţi grijă, domnule Matei.

– Unde dă Dumnezeu! Îşi reluă ideea: Nu putem continua în condiţiile astea.

– Dumneata, tinere! Eu pot foarte bine!

– „Tinere“! Ia mai slăbeşte-mă, neică!

Melania Lupu îşi izbi palmele. Propuse pe un ton care încerca să galvanizeze:

– Să jucăm tabinet! Sunt sigură că nu vom observa când trece timpul.

– N-am chef! făcu Matei.

– Nici dumneavoastră, domnule Popa?

Bătrânul clătină hotărât capul. Melania Lupu oftă şi scociorî în pungă după altă bomboană.

Matei începu să se plimbe prin încăpere. Se opri deodată speriat.

– Dumnezeule! Ce-i asta?

O grimasă oribilă strâmba trăsăturile Valericăi Scurtu. Se repezi cu braţele întinse. Ultimul suspin al femeii îi atinse obrazul. Mirosea a migdale amare.

„Nenorocita!“ gândi Doru Matei. „N-a avut parte de nimic. O viaţă goală, inutilă. Unde se duc vieţile goale, inutile?“

„N-a ştiut să se păzească“, gândi Grigore Popa. „Lucrurile se complică. Doi morţi în mai puţin de patruzeci şi opt de ore. O «sinucidere» şi... Şi ce?“

„Ai să faci față și de astă dată, draga mea“, gândi Melania Lupu. „Sunt convinsă.“

Trecu o mașină.

„Mi-ar plăcea să visez, dar nu visez“, gândi Doru Matei. „Ce departe au rămas toate... Am impresia că sunt în altă lume, pe alt continent.“

„Va trebui să fiu atent, foarte atent“, gândi Grigore Popa. „Erorile cele mai grave le săvârșim în momentele de panică. Panaitescu, Valerica... Acum se odihnesc... Nu știu dacă nu-i invidiez...“

„Adună-ți puterile, draga mea, ei nu mai sunt în stare de nimic. Tu ești mai puternică decât toți.“

Cineva râdea pe stradă. Apoi râsul depăși ferestrele și dispăru. În odaie rămase doar frigul. Cerul de plumb topit se zgâia în spatele perdelelor.

Priveau consternați trupul chircit. Moartea înnobilase trăsăturile lipsite de farmec ale Valericăi Scurtu. Vedeau pentru prima oară un chip liniștit de pe care zbuciumul, schimele crispate, ticurile dispăruseră.

Melania Lupu strivi o lacrimă cu pumnul ei mic de copil.

– Sărăcuța! Ce destin...

Sculptorul, căzut într-o stare de prostrație, respira anevoie, cu gura deschisă. Mâinile îi atârnau grele, atingând marginea fotoliului.

Grigore Popa se ghemuise și mai mult între umerii îmbrobodiți. Semăna cu un animal urât, fără gât. Pe figura întunecată ochii se zvârcoleau, căutând în toate părțile. Vorbi, fără să-și dea seama, cu glas tare:

– Și, totuși, nefericita n-a înghițit nimic. A spus-o singură. Nu pot să înțeleg...

– Ce? întrebă rătăcit Matei.

Își simțea capul golit de gânduri, o cutie vidă de care se izbeau sunete cu reverberații dureroase.

– Nu se moare așa din senin, mârâi înfundat Popa. E un mister aici, o mână diabolică.

Sculptorul îi privi lung. Izbucni dintr-odată în râs. Hohote oribile, fără veselie, care umplură odaia.

– Banii se împart la trei! Au crăpat doi din cinci.

Și-acum cine vine la rând? Următorul! Poftiți, vă rog! Următorul! Sunteți invitații mei!

Bătrâna avu o mișcare de recul. Șopti cu ochii la sculptor:

– Vă e frică?

„Frică?“ gândi Grigore Popa. „Firește. Și mie îmi este frică. Ne e frică totdeauna de ceea ce nu vedem sau nu înțelegem. Nu te poți apăra, nu știi de unde pornește glonțul. Sunt convins că...“

– Hai! Dați-i drumul! Matei își încleștă pumnii. Care din voi i-a aranjat? Sau lucrați cumva împreună? Cum de nu m-am gândit?

– De ce n-ai fi dumneata criminalul, tinere? Numai pentru că ești dobitoc?

„Trebuie să rezist până vine olandezul. După aia, cu banii în buzunar...“

Hotărî să fie prudent. N-avea voie să comită cea mai mică eroare. Înțepeni în fotoliu, ancorându-și degetele ca niște căngi în brațele acoperite de o husă de creton.

Matei, negru de furie, răcnea cu spume la gură.

– Idiotule! Cum i-am omorât? Își întinse palmele goale: Cu ce? Explică-mi, cap de bou! Cum?!

Popa tresări. Nimeni nu-l insultase vreodată. Nici chiar în liceul militar. Își strânse buzele subțiri. Avea să țină minte...

Melania Lupu izbucni în plâns:

– Domnilor! Vă rog, domnilor... Gândiți-vă...

– La ce, cucoană? La ce să ne gândim? Sculptorul se mişca dezordonat. Murim ca muştele! Nici n-a apucat bine nenorocita să spună de Miliţie că a şi mierlit-o! E cumplit!

– Cretin! scrâşni Grigore Popa.

– Nu cred că de aceea a murit, reuşi să spună bătrâna înecată de suspine. Acum însă... Vă implor, liniştiţi-vă. Să ne adunăm puterile! Avem atâtea de făcut!

Sculptorul îşi înfundă nervos pumnii în buzunarele pantalonilor. Tergalul subţire pârâi.

– Ce bâzdâganie îţi mai trece prin minte? Ce-ai mai scornit?

Melania Lupu îşi ridică ochii limpeziţi de lacrimi. Aveai sentimentul unui cer clătit după ploaie. Întrebă plină de naturaleţe:

– Unde o vom ascunde pe... Valerica? Vă daţi, sper, seama... Două sinucideri la un interval atât de scurt nu pot convinge pe nimeni.

Matei rămase cu gura căscată.

– Am impresia că trăiesc un coşmar, declară sculptorul. Barba îi crescuse, arăta sleit, dar se liniştise.

„Nu eşti departe de adevăr", reflectă Grigore Popa. Se simţea epuizat, avea o singură dorinţă: să doarmă măcar un ceas.

Doru Matei continuă:

– Mă întreb dacă merită. Îmi vine să-mi iau lumea în cap!

Melania Lupu înghiţi bomboana.

– Peste exact trei zile, soseşte domnul Van der Hoph. Are un avion care aterizează la nouă dimineaţa. Până atunci însă trebuie să ne descurcăm singuri.

– În consecinţă, rânji Grigore Popa, ce facem cu trupul neînsufleţit al domnişoarei Scurtu? Sinuciderea cade!

Matei săltă din umeri şi spuse aiurea:

– Moarte naturală!

Bătrânul dădu din cap edificat.

– Orientalii au un proverb: Decât un filosof mort, mai bine un măgar viu.

– Adică?

– Se înșală! Se înșală lamentabil!

– Aha! înțelese sculptorul. Dar despre măgari bătrâni nu știi nicio zicătoare?

– Nu are rost să vă certați, interveni Melania Lupu. Avem atât de puțin timp la dispoziție.

Grigore Popa scoase o mână de sub pled:

– Hai s-o luăm altfel! Presupunem că am găsit formula să ne... În fine, să ne descotorosim de nefericita asta. Ce vom spune însă Miliției? Unde a dispărut? Ce-i cu ea?

– Poate n-or să observe.

– Poate...

Grigore Popa avu un gest de dispreț. Afirmațiile individului nu contau. Se uita intens la Melania Lupu. Aceasta zâmbi:

– Vai, domnule Popa, de unde să știm noi unde a plecat? S-a dus, și gata! Dimineața s-a îmbrăcat – vom avea desigur grijă să-i ascundem paltonul, poșeta și șoșonii – și a ieșit pe ușă. Ne-am închipuit cu toții că s-a dus la serviciu.

– Iar la serviciu n-a ajuns, se strâmbă sculptorul. Nu ține! Ascultați vorba mea! Din toată aiureala asta o să ne alegem cu capul plin de cucuie. Dacă vom mai avea cap și ochi să le numărăm.

Popa continuă încăpățânat:

– Vor reconstitui deci itinerarul domiciliu–serviciu.

– E destul de lung, observă Melania Lupu. Locuim în Kiseleff, iar ea lucra la Fabrica de Confecții. Se plângea mereu că schimbă trei autobuze.

– Și? Cu un telefon la Morgă sau la Urgență află în cinci minute că n-a avut loc niciun accident.

– La altceva mă gândeam, domnule Popa: pe un drum complicat, îți pierzi ușor urma. Trăim în Capitală. Nu ne cunoaște toată lumea. Greu de crezut că taxatoarele te-au văzut și te-au reținut sau că ar putea fi surprinse că nu te-au zărit ca de obicei. Valerica putea dispărea la orice colț de stradă, între două mijloace de locomoție. Deci, orice e posibil.

– Ce anume? S-o fure Jean Marais?!

– Din fericire, ipotezele acestea nu ne interesează pe noi.

Ochii pătrunzători ai bătrânului scotociră câteva secunde chipul Melaniei Lupu.

– Nu-i prea grozav... Să sperăm c-o să meargă, dar...

Clătină capul cu îndoială.

– Bineînțeles, domnule Popa, nu-i deloc grozav! Va fi însă, dacă reușim să găsim o bună ascunzătoare pentru biata fată. Atunci vom fi inatacabili, căci nu vor putea dovedi cu nimic.

Matei își consultă ceasul fluierând a pagubă:

– Ne apucă dimineața! La zece vin ăia de la pompele funebre să-l ia pe Panaitescu.

În ochii Melaniei Lupu se aprinse o flacără. Sângele îi năvăli în obraji, pictându-i cu carmin.

– Domnule Matei! Extraordinar! Ce idee formidabilă ați avut!

– Eu?!?

– Extraordinar!

Luă mâna sculptorului și o strânse la piept:

– E atât de simplu!

Grigore Popa păru sceptic.

– Dacă și ăsta are idei...

– Valerica Scurtu... Doamne!

Bătrâna își duse mâna la frunte râzând nervos:

– Valerica e slăbuţă... Un firicel... Cum nu înţelegeţi? O s-o băgăm dedesubt...

– Unde?

Popa simţi nevoia să se agaţe de ceva. Avea impresia că alunecă.

– În sicriul lui Panaitescu, sub frunzele de brad...

– Îngropăm doi o dată, şopti înspăimântat Matei.

Melania Lupu zâmbea şters.

7

O ÎNMORMÂNTARE NEOBIȘNUITĂ

Dădeau târcoale sicriului încercând să sesizeze vreo greșeală. Pieptul lui Panaitescu părea prea bombat, dar mormanul de flori camufla micile neajunsuri.

– Bine că s-a terminat, suflă Matei. Avea o permanentă senzație de vomă.

Bătrâna își drese pieptănătura cu dosul palmei așa cum procedezi la bucătărie când ai mâinile murdare.

– Peste o oră, maximum o oră și jumătate, o să înceapă să vină cunoștințele.

Pe figura bătrânului se așternu o expresie sardonică:

– Nici n-o să le treacă prin minte că de fapt își iau rămas-bun de la doi o dată...

Melania Lupu îl privi cu reproș:

– Domnule Popa, nu se cade... Redeveni practică. Trebuie pregătit ceva. Noroc că am în casă mezeluri și o sticlă de țuică. Și acum să ne gândim încă o dată dacă n-am uitat ceva.

Începu să patruleze în sus și în jos cu mâinile la spate.

– Da' știu că ai energie, cucoană! Matei o măsura buimac. Eu unul sunt praf!

Bătrâna râse cochet.

– Sunteți gentil... Deci, Valerica a plecat de dimineață la serviciu. Și-a luat vasăzică paltonul, geanta, șoșonii. Cheile, banii, tichetele pentru autobuz, ochelarii de lucru. Pe acestea în orice caz nu le vor găsi în odaia ei. Oh! Bine că mi-am adus aminte! Andrelele și lâna. Tricota mereu la birou.

– Prostii! făcu Grigore Popa.

– Credeți? Domnii de la Miliție vor discuta cu colegele ei. Știți cum e când se apucă femeile să trăncănească. „Valericăi îi plăcea să lucreze. Era foarte pricepută", or să spună prietenele. „Croșeta tot timpul..." Găsind andrelele și lucrul început acasă, înseamnă că Valerica nu avea de gând să meargă azi la serviciu. De aici, se pot conchide multe.

Se auzi soneria. Cei trei se priviră speriați.

– Au și început să pice mitocanii, spuse Matei. Le miroase a colivă...

– E prea devreme, observă Melania Lupu. Își mușcă buzele. Mă duc să văd cine e.

Apăru după câteva minute ducând o coroană uriașă. Odaia se umplu de miros proaspăt. Pământ, aer, brad. Garoafe albe încununau miezul, un buchet de trandafiri de un roșu adânc. Pe panglica din satin, literele strident imprimate păreau ude.

Matei citi printre dinți.

– ...așa... „În veci neconsolați, Melania, Grigore, Valerica, Doru..."

– Hm... făcu Popa.

Nu-i plăcea să-și vadă numele acolo, pe fâșia de mătase lucioasă. Putea fi un semn rău. Chema parcă nenorocirea.

– E superbă, conchise Melania Lupu. Sunt absolut sigură că va face o impresie admirabilă.

Maşina se opri în faţa cimitirului. Cristescu aruncă ţigara şi-l luă de braţ pe locotenentul Azimioară. Păşeau pe aleea largă străjuită de bănci.

– Mă deprimă îngrozitor atmosfera, spuse încet maiorul. Arătă spre blocurile noi care se ridicau în dreapta: Să-mi dai milioane şi nu m-aş muta aici!

Locotenentul arboră un aer filosofic:

– Moartea e un fenomen inevitabil.

– Eu cred că eşti foarte tânăr, râse încetişor Cristescu. Fenomenul ăsta „inevitabil" ţi se pare, cel puţin doreşti să ţi se pară, atât de îndepărtat, aproape imposibil, încât deocamdată nu te impresionează. Îl înregistrezi şi atât. Personal însă, după un astfel de spectacol, îmi trebuie o săptămână ca să-mi revin. Lăsă braţul locotenentului şi-şi puse mănuşile. Nu ţin minte exact unde am citit. Un individ teribil de cumsecade, grozav de săritor, în fine un prieten admirabil... Refuza hotărât amicilor doar două hatâruri: să-i viziteze la spital şi să-i asiste la înmormântare... A, uite-i!

Melania Lupu, Grigore Popa şi Matei, înconjuraţi de câţiva vecini, aşteptau în faţa capelei.

Maiorul îl trase pe Azimioară în spatele unui cavou.

– Încă nu vreau să ne vadă.

– Continuaţi să-i suspectaţi, surâse Azimioară.

– Vreau să mă conving, ceea ce în ultimă analiză e acelaşi lucru. În viaţa mea nu am întâlnit o sinucidere mai clasică. Totul e perfect. Atât de perfect, încât te gândeşti fără să vrei la ceva regizat.

Melania Lupu, subţirică şi elegantă, eleganţa aceea care nu are nimic de-a face cu hainele – chestiune de ţinută şi prestanţă –, clătina capul plină de demnitate.

Afişa o tristeţe reţinută, politicoasă, zâmbea cum ştiu să zâmbească oameni deprinşi în general cu societatea. Grigore Popa, încotoşmănat, arunca priviri piezişe în jurul lui. Purta un palton lung, îmblănit. Gulerul de lutru prinsese nuanţe roşietice pe la margini. Lângă el, Doru Matei tremura. Se bâţâia de pe un picior pe altul, uitându-se mereu la ceas.

– Lipseşte Valerica Scurtu, observă locotenentul.

– Poate n-a reuşit să scape de la slujbă. Oricum, mai are timp să sosească.

Privea atât de fix grupul, încât simţi gerul care-i înţepa ochii.

– Ţie nu ţi se pare curioasă chestia asta?

– În ce sens? se interesă Azimioară.

Maiorul îşi arcui sprâncenele.

– Am mai văzut eu vecini cumsecade, dar indivizii ăştia sunt de-a dreptul formidabili. Pur şi simplu mă depăşesc.

Locotenentul îşi aranjă fularul. Din cauza frigului, se umezise în dreptul gurii. Nu răspunse. Avea impresia că, pe undeva, Cristescu exagerează cu suspiciunile. Erau nişte amărâţi care se considerau obligaţi să-i aducă un ultim omagiu lui Panaitescu. Nevastă-sa fiind plecată în străinătate, luaseră pe seama lor formalităţile legate de deces. Dezagreabil desigur, dar între oameni care convieţuiesc de atâţia ani se nasc raporturi de altă factură şi uneori chiar sentimente. Să-i reproşezi cuiva că-i prea cumsecade...

– Nu înţeleg...

– Gândeşte-te! ridică maiorul arătătorul. Locuiau în comun.

– Tocmai...

– Tocmai! N-ai idee câte animozităţi se nasc între colocatarii aceluiaşi apartament.

– Depinde de vecini.

Maiorul începu să râdă:

– Nu trebuie să te uiți de două ori la Popa ori la domnișoara Scurtu ca să-ți dai seama ce fel de vecini sunt și cam în ce relații se aflau cu boemii Panaitescu ori cu sculptorul. Și totuși iată-i comandând o coroană magnifică – o vezi? acolo lângă coloană –, suportând cheltuielile de înmormântare.

– Poate că aveți dreptate.

– E mult! Prea mult...

– Fiți convins că-și vor recupera banii de la nevastă-sa.

– Fără îndoială, dar ești de acord că puteau să se spele pe mâini? În fond, n-aveau nicio obligație legală. În loc să se eschiveze, ne solicită, ne roagă chiar să-i lăsăm să se ocupe de ceremonial. Știu că gândești altfel, dar personal parada asta de sentimente nobile nu mă convinge. Tânărul e un golan, talentat, dar absolut indiferent vizavi de tot ce-l înconjoară și nu-l atinge. Popa... făcu un gest cu mâna în aer, e tot atât de egoist pe cât poate fi o ființă omenească. Ălălalt e indiferent, ăsta însă aproape că urăște tot ce populează universul finit și infinit. Dă-mi voie să fiu surprins că riscă o pneumonie la vârsta lui, de dragul amicului Panaitescu. Nu, hotărât, spectacolul e prea frumos!

– Poate că i-a influențat bătrâna, opină moale Azimioară. Pare un om de treabă.

– Pare... Numai că Grigore Popa este persoana cel mai puțin influențabilă pe care am întâlnit-o vreodată. Ține minte! Altceva decât insistențele și zâmbetele Melaniei Lupu l-a convins să iasă din casă.

– Ce?

Cristescu îl privi fix:

– Nu știu, dragul meu. Încă nu știu... Să mergem. A început slujba.

Se îndreptară spre capelă.

Ultimii bulgări de pământ căzură peste sicriul lui Panaitescu. Melania Lupu, asediată de mâini întinse, începu să împartă pomenile... Porții generoase de colivă în farfurii de lut, căni umplute cu vin, prosoape ieftine.

Vecinii se împrăștiară.

Fusese o înmormântare fără jale, o simplă convenție extrem de tristă, tocmai pentru că nu cursese o singură lacrimă. Cristescu încercă să nu se mai gândească la Panaitescu. Era deja un om uitat, căci însăși ultima „schimbare de domiciliu" a unui individ presupune implicit uitarea.

Grigore Popa aștepta, izolat cumva de grup. Găsise un loc unde bătea soarele. Un soare crud, care arginta zăpada, aprindea candele pe câte o cruce părăsită: „I.N.R.I. – Spiru Papadopol născut 1820, repauzat 1905..."

Bătrânul își pierduse răbdarea și urmărea cu o schimă nemulțumită mișcările Melaniei Lupu. Doru Matei privea absent în lungul aleii. Arăta obosit și prost-dispus.

Cristescu, însoțit de Azimioară, se apropie. Grigore Popa clipi nervos și scoase nasul din fular.

– A... Ați venit... Este extrem de drăguț din partea dumneavoastră...

– Condoleanțele mele!

– Mulțumesc.

Simula destul de neîndemânatic surpriza și maiorul se miră de ce o face. Melania Lupu le surâse dulce, asigurându-i cu mâna că termină imediat.

– Cred că am răcit, spuse Doru Matei. Mi-e îngrozitor de frig.

Îi observă pe cei doi și-i salută sobru.

Grigore Popa își trase mai adânc căciula peste urechi.

– Nu-i de mirare. Cred că sunt cel puțin minus treizeci de grade. Domnul maior a ținut foarte mult să ne prezinte condoleanţe la cimitir. Trebuie să recunoaştem, gestul e delicat.

– Cum nu se poate mai delicat, completă sculptorul ironic.

– Nu am văzut-o pe domnişoara Scurtu, constată Cristescu.

Bătrânul îşi împinse buza de jos şi ridică din umeri.

– Cine ştie! Poate că au reţinut-o la birou.

– Bineînţeles, interveni Melania Lupu. Purta o tocă mică neagră care, aşezată cumva pieziş pe buclele albe, îi dădea un aer de neaşteptată cochetărie. Gerul îi înflorise obrajii. Biata fată! Ţinea extrem de mult să vină, deşi nu se simţea deloc bine. Mi-e teamă chiar să nu se fi îmbolnăvit. Întinse mâna maiorului, apoi lui Azimioară. Vă mulţumesc că sunteţi alături de noi. Mai ales în asemenea împrejurări...

Se îndreptară spre ieşire. Bătrâna continua să vorbească, înşirând banalităţi convenţionale.

– E atât de trist pentru noi toţi! Ne obişnuiserăm împreună. Cred că aţi trăit şi dumneavoastră astfel de momente. Uiţi tot ce-a fost neplăcut şi rămân doar amintirile frumoase.

– Sunt convins...

Matei dârdâia lângă Azimioară. I se auzea clănţănitul dinţilor.

– A naibii vreme! Acu' şi-a găsit şi ăsta să...

Întâlni privirea Melaniei Lupu şi amuţi.

„Ori e îngrozitor de obosit, epuizat – îşi zise locotenentul –, ori e într-adevăr bolnav."

– În locul dumneavoastră aş lua ceva tare. Un rom sau o votcă.

Sculptorul îşi ridică gulerul canadienei.

– Exact la asta mă gândeam şi eu. Numai că n-am să iau o votcă, ci mai multe... Se cutremură: Mă gândesc la bietul Panaitescu... Ce-o fi fost în capul nostru?! L-am îngropat fără palton...

O spusese pe tonul cel mai serios. Pe obrazul înghețat nu trecu nicio adiere de zâmbet. Locotenentul îl măsură dintr-o parte și nu comentă.

– Să oprim un taxi, propuse Grigore Popa.

Lui Cristescu i se păru că bătrânul tremură mai mult de frica unei răceli decât de frig.

– Faci dumneata gestul ăsta? Nu-i a bună, constată Doru Matei.

– Suntem cu mașina, vă putem conduce până acasă.

– Lăsați, domnule maior! mârâi bătrânul. Ne ajunge că ne-am plimbat cu dricul! Acu' să ne urcăm și în duba Miliției! E prea mult pentru o singură zi.

– Vai! sări Melania Lupu, căutând ochii lui Cristescu, sunteți atât de amabil! Nici nu vă pot mulțumi îndeajuns. Ca să fiu sinceră, v-aș însoți, dar nu-l pot lăsa singur pe domnul Popa.

– Încep să cred, declară Cristescu plimbându-și privirea de la unul la celălalt, că într-adevăr nenorocirea asta v-a apropiat extrem de mult...

– Indiscutabil...

– Totdeauna ne-am interesat unul de celălalt. Amicul Popa, cel puțin, rar își dezlipește urechea de ușa mea...

Melania Lupu tuși îngrijorată.

– Domnul Matei glumește...

– Îl stimulează, bănuiesc, ambianța, observă maiorul.

Bătrânul morocănos se postă ostentativ pe marginea trotuarului cu fața spre șosea. Sculptorul tremura de frig.

– Oricum ar fi, hotărâți-vă odată! Cu dubă, fără dubă, chestia e să ne cărăm! Trage al dracului stațiunea asta!

Zări un taxi și ridică mâna. Mașina opri la câțiva metri. Cristescu începu să râdă:

– Am să trec diseară pe la dumneavoastră. Vreau să discut neapărat cu domnișoara Scurtu. Evident, dacă nu vă deranjez.

Bătrâna păru o clipă descumpănită – mai mult o impresie –, apoi declară senină:

– Nici gând să ne deranjați, domnule maior. Ne va face multă plăcere. Vă așteptăm negreșit. Draga Valerica! Va fi încântată că vă ocupați de ea.

– Bate câmpii cretina, mormăi cu spatele întors Grigore Popa și intră în mașină.

Matei se lăsă greu pe canapea. Comentă printre dinți:

– Nu prea ești abil, papa!

Melania Lupu i-l arătă din ochi pe șofer și sculptorul tăcu. Getaxul demară. Bătrâna se întoarse cu cel mai fermecător surâs spre Cristescu și Azimioară, rămași pe trotuar, și flutură în dreptul buzelor grațios degetele înmănușate.

– Ce oameni încântători!

Continuă să zâmbească mult timp după ce maiorul și subalternul său nu se mai zăriră.

Cristescu se îndreptă spre cuier și începu să se îmbrace. Întâi fularul, apoi raglanul larg din stofă moale, pălăria cu boruri scurte, mănușile. Azimioară îi urmărea mișcările, silueta suplă menținută fără eforturi la un număr de kilograme cu care s-ar fi putut mândri orice adolescent.

Locotenentul încercă un vag sentiment de neîndreptățire. Maiorul nu ținea niciun fel de regim, consuma pâine, dulciuri, bere, bea cafeaua cu zahăr ca oamenii, nu-i era teamă de cântar, n-auzise în viața lui de zaharină, dieta clinicii Mayo, „puncte", „fără sare și grăsimi". Ca toți oamenii grași, Azimioară avea impresia că mănâncă extrem de puțin. Era în permanență flămând, dispus la orice oră să se așeze la o masă completă de patru feluri, evita să se cântărească, îi plăcea să facă piața și adora bucătăria cu mecanismele ei complicate. Aluziile la gabarit le primea cu calm filosofic: „Chestie de glande..."

Cristescu își băgă țigările și bricheta în buzunar.

– Ai văzut raportul lui Ciobanu?

Locotenentul clătină capul.

– Nu.

– Hm, e foarte interesant. Valerica Scurtu n-a părăsit locuința de alaltăieri. Adică de la prima noastră vizită.

– Poate că n-a avut chef să ia parte la circul ăsta...

– N-aș crede.

– Sau într-adevăr e bolnavă așa cum pretindea bătrâna.

– De acord. Dar tot ea pretindea că a plecat azi de dimineață la serviciu. Puse mâna pe clanță, precizând: Casa are o singură ieșire.

Azimioară se bâlbâi tulburat:

– Credeți că...

– Nu cred. Mi-e teamă!

Schiță un salut vag și părăsi biroul.

Doru Matei rupea bucăți mari de pâine și băga în gură câte două-trei felii de salam luate direct din hârtie. Nu avea răbdare să le curețe, înghițea totul cu un fel de disperare lacomă.

– Nu credeam că mi-e așa foame... Trase un gât lung din sticla de coniac atunci desfăcută și continuă: Mă așteptam să diger ceva mai de soi la parastasul lui Panaitescu. În fine, merge și asta... Cel puțin sunt liniștit!

– Oricum puteați fi liniștit, domnule Matei.

– Mă îndoiesc că Panaitescu și Valerica sunt de aceeași părere, acolo... Vărsă un pic de alcool: Să le fie țărâna ușoară!

Făcuseră cumpărături înainte de a se întoarce acasă. Fiecare își păzise pachetele, iar acum mâncau în hol, păstrând distanțe mari și privindu-se circumspect. Melania Lupu, la un capăt de masă, ciugulea delicat dintr-o indiană cu frișcă. La celălalt, Grigore Popa ungea unt pe pâine și bea suc de roșii. Sculptorul ținea mâncarea pe genunchi. Se descurca perfect, era evident că-i obișnuit cu mesele încropite. Isprăvi primul și făcu hârtiile ghemotoc. Respiră adânc, apoi aprinse o țigară.

– Tinere! spuse Popa cu gura plină, înghiți și arătă spre scrin: Uită-te dacă mai sunt acolo...

– Asta ar mai lipsi!

– Firește că sunt, îi asigură Melania Lupu.

– Îmi place să mă conving.

Doru Matei lăsă țigara în scrumieră. Declanșă mecanismul ascunzătorii, scoase cele două pânze și le desfăcu.

– E în regulă?

– Mda... Pune-le la loc.

Sculptorul începu să râdă. Popa nu-l scăpa din ochi. Răsuflă ușurat abia după ce-l văzu închizând tainița.

– Aveai o privire... observă amuzat Matei. Spune-mi, te rog, chiar așa impresie proastă fac?

– Execrabilă!

– Trebuie să ne sfătuim, declară Melania Lupu făcând ordine pe masă.

– Iar? Ce naiba, a mers totul pe roate!

– Domnii de la Miliție vor reveni...

Popa șterse cuțitul pe o bucățică de pâine.

– De asta poți să fii sigură.

– Trebuie să justificăm dispariția Valericăi.

– A plecat și nu s-a mai întors!

– Categoric! fu de acord Matei. Ne batem capul de pomană. Oricum, n-avem altă soluție. Ziceai că știi tabinet?

Bătrâna își strânse buzele.

– Cred că am făcut o greşeală.

Grigore Popa o privi iute.

– O greşeală, repetă Melania Lupu. I-am spus maiorului că Valerica a plecat de dimineaţă la birou.

– Ei şi?

– Răspundem noi de ce i se putea întâmpla pe drum!?

Melania Lupu zâmbi nervos:

– Ei ştiu că nu a plecat. Locuinţa e supravegheată. Sunt convinsă că e! Da... O greşeală de neiertat.

Comisese de fapt două.

8

INEGALABILA MELANIA LUPU COMITE ERORI

– Luați loc, vă rog.

Melania Lupu îi indică amabilă un scaun, apoi scotoci în poșeta lăsată pe marginea scrinului și scoase o batistă.

Avea o fustă cenușie și o jachetă neagră, lucruri simple, ieftine, dar care cădeau admirabil. Cristescu o examină câteva clipe.

„Trebuie să fi avut un trup perfect."

– Sunteți singură?

– Da... Adică, nu. Domnul Popa s-a întins un pic, iar domnul Matei cred că lucrează.

– La cimitir mi s-a părut că era bolnav.

– Într-adevăr, nu s-a simțit bine. Poate că doarme... Nu știu.

Cristescu își frecă pumnii:

– N-ați reușit încă să reparați țeava?

– Închipuiți-vă! Pur și simplu degerăm. Adevărul e că n-am avut timp să ne ocupăm de chestiunea asta. E și un sezon păcătos, toată lumea face reparații, nu te poți aștepta ca după un singur telefon să-ți trimită lucrători. Mâine-dimineață am să mă duc chiar eu la I.A.L.

– Pe bărbați nu-i interesează chestiunea?

– Oh! Bărbații!

– Și domnișoara Scurtu? se interesă Cristescu pe tonul cel mai firesc.

Bătrâna clipi nevinovată.

– Sărăcuța, e ocupată până peste cap.

– Mă întreb dacă mă poate primi...

Melania Lupu se uită la ceas.

– Șapte. Cred că s-a sculat. Zâmbi scuzându-se parcă: Nu-i place s-o trezești brusc. Mititica de ea e tare nervoasă. Muncește mult.

– A venit târziu?

– Cine?

„Procedeul clasic de a câștiga timp“, își zise Cristescu.

– Domnișoara Valerica, firește.

– N-am idee, domnule maior. De obicei vine la patru–patru treizeci, or, noi ne-am întors de la cimitir după cinci. Are astenie și medicii i-au recomandat să se odihnească.

Cristescu aruncă o nadă.

– Poate că vrea să doarmă în continuare, până dimineață. Credeți că e cazul să mai aștept sau să revin mâine?

Bătrâna începu să râdă:

– Dumnezeule! Nici chiar așa! O să se amuze grozav când am să-i povestesc. De altfel, azi e vineri...

– Și?

– În fiecare vineri la opt și douăzeci de minute se dau la televizor filme cu cowboy, ne uităm împreună. Își bătu palmele încântată: Ne plac atât de mult!

– Atunci mai aștept. Desigur, dacă nu deranjez...

– Se poate? Cu plăcere! Noi, bătrânii, ne bucurăm când cineva e dispus să-și piardă puțin timp în compania noastră.

– Exagerați...

– Știți bine că nu, domnule maior. Suntem plicticoși, vorbim numai de boli și uneori chiar adormim. Nu vreți o cafea?

Cristescu refuză fără convingere și bătrâna se îndreptă spre bucătărie. Întrebă din ușă:

– Cu rom?

– Foarte puțin.

Privi un timp pereții, între ferestre atârna o litografie veche – o amazoană cu un câine de vânătoare –, apoi tavanul rotund, cu ornamente de ghips. Îi veni pe neașteptate o idee năstrușnică. Păși în vârful picioarelor pe lângă zid și deschise brusc ușa de la odaia sculptorului.

Doru Matei se dădu înapoi gata să-și piardă echilibrul. Duse mâna la frunte și izbucni furios:

– Ce-s bancurile astea?! Ei, drăcia dracului!

– Vă rog să mă scuzați, spuse Cristescu stăpânindu-și râsul, voiam să-mi iau țigările din palton. Credeam că nimeresc în antreu. Dar, apropo, ce făceați în spatele ușii?

Sculptorul își săltă colțurile buzelor într-un rânjet.

– Băteam mătănii!

– O, perfect! Îmi pare rău că v-am deranjat. Vă las să continuați.

– Ura! Sănătate și spor în ramură!

– Locotenentul Azimioară, de exemplu, ar putea conchide că aveți destule păcate, de vreme ce nu mai pridídiți cu rugăciunile.

– Hm, presupun că aveți un colaborator foarte isteț...

– Bine că mi-am adus aminte! Acum câteva minute, v-a căutat cineva la telefon. Mi se pare că de la Fondul Plastic.

– Și?

– A răspuns domnişoara Valerica Scurtu.

– Cine?!

Pe chipul sculptorului se aşternu stupoarea.

– Nu vă simţiţi bine, domnule Matei?

– Ba da... Înghiţi în sec şi încercă să râdă: E *all right!*

Cristescu se întoarse preocupat în hol.

„Ce s-a întâmplat cu Valerica Scurtu?"

Când se întoarse, bătrâna îl găsi pe maior vorbind la telefon.

– Bun, dragul meu. Bănuiesc că în jumătate de oră... Sigur că da...Te aştept!

Puse receptorul în furcă şi-i zâmbi:

– Mi-am permis să abuzez un pic de ospitalitatea dumneavoastră.

– O, nu face nimic.

– Am nevoie de colaboratorul meu. L-am rugat să treacă pe aici. Sper că nu vă încurcă...

Fruntea Melaniei Lupu se încreţi imperceptibil, reuşi totuşi să surâdă:

– Deloc. Îmi face chiar multă plăcere. Un tânăr atât de amabil...

Începu să servească, plină de stil, cafeaua. Cristescu admiră ceştile din porţelan cu păsări superbe, cleştişorul de argint pentru zahăr, flaconul cu rom.

Mâinile bătrânei se mişcau fermecător, aveai impresia că se joacă cu obiectele acelea fragile, abia le atingea. O îndemânare graţioasă pe care-ţi făcea plăcere s-o observi. Îţi încânta ochiul, încercând în acelaşi timp o senzaţie odihnitoare. Prin mintea maiorului se perindară privelişti vechi în care foşneau mătăsuri, dantele scumpe înnobilau mâini de fildeş, conduri de atlaz desenau gavote pe marmura lespezilor...

– Două bucăţi?

– Nu, mulţumesc, una. Nu-mi place prea dulce.

Melania Lupu se așeză în fața maiorului.

– Cum vi se pare?

– Excelentă!

– Domnul Matei m-a învățat să fac cafeaua cu zahărul separat. Mie mi se pare totuși că pierde din gust.

– E un băiat simpatic, spuse Cristescu sorbind din ceașcă.

– Fără îndoială. Și-i atât de tânăr! Nu toți oamenii știu să fie tineri.

– Într-adevăr...

– Mai trist e că nici măcar nu-și dau osteneala să învețe. Zâmbi nostalgic cu privirile plecate: Am regretat totdeauna că n-am avut copii.

– Cu ce se ocupa soțul dumneavoastră?

– A fost militar de carieră. După război, știți cum erau timpurile... funcționar în Ministerul de Finanțe. Își ridică obrazul proaspăt, cu priviri limpezi. Era ceea ce se numește un bărbat statornic.

– Femeile, în general, apreciază genul.

– Depinde. O existență prea monotonă obosește. N-ai ce să aștepți de la ziua de mâine. Ți-e indiferent că trec săptămânile, privești cu ciudă la anii care vin. Își netezi poalele fustei: Mi-ar fi plăcut să trăiesc mai... făcu un gest cu mâna, mai fantezist!

Maiorul o examină amuzat:

– Adică?

– Să fac ceva deosebit, zilele să se individualizeze. De pildă lunea sau miercurea ori duminica viitoare să nu semene cu cele de săptămâna trecută sau de acum doi ani. Să-mi aducă, să-mi poată aduce o surpriză cât de mică. Când eram tânără, țineam un jurnal. După aceea am renunțat. N-avea sens. Timp de douăzeci și cinci de ani, fără nicio abatere, marțea spălam – vreau să zic servanta –, miercuri frecam argintăria, joi jucam pinakle, cu încă o pereche și așa mai departe. În luna iulie plecam la Olănești – negreșit Olănești pentru că soțul meu suferea de rinichi –, în noaptea de Revelion triam chitanțele și scrisorile – ceva foarte distractiv, vă asigur –, iar de Sf. Alexandru îi invitam șeful la masă. Același șef an de an. Nici măcar ăsta nu s-a schimbat.

– Bănuiesc că nici el nu „învățase“ să fie tânăr, observă Cristescu.

Melania Lupu zâmbi nesigură.

– N-aș vrea să mi-o luați în nume de rău. A fost un om cinstit și nu e vina lui că n-a știut să trăiască... Iar eu... E curios ce mi-a venit!

– Ați avut câteva zile grele. Veți intra însă în normal și...

– Sper! Își privi ceasul îngrijorată. E opt. Ce-o fi cu Valerica?

Se uită la maior, cerându-i parcă sfatul.

– Dacă o s-o întrebați, probabil că o să vă spună.

Bătrâna se ridică vioaie.

– Am să încerc. Nu-mi place somnul ăsta. Mi-e teamă că e într-adevăr bolnavă.

Cristescu se răsuci pe scaun, urmărindu-i curios mișcările. Bătrâna se apropie de odaia Valericăi Scurtu. Bătu discret – așteptând câteva clipe cu urechea lipită de ușă –, apoi bătu mai insistent. Privi contrariată spre maior și chemă cu glas tare.

– Valerica! Dormi, draga mea? Valerica! Întoarse o față speriată. Sunt extrem de derutată, nu știu ce să cred...

– Încercați ușa, propuse calm maiorul.

– Sigur... e o idee.

Melania Lupu apăsă pe clanță. În odaie era întuneric. Lumina din hol căzu pe divan. Se vedeau cuvertura de pluș și ruloul de la capăt.

– Extraordinar! suflă. Încă nu s-a întors. Mă întreb unde poate să fie?...

Cristescu oftă. Acum știa precis că Valerica Scurtu nu mai există. Și sinuciderea lui Panaitescu era un bluff. Un bluff sinistru.

Azimioară sosi roșu la față cu ochii strălucitori.

– A început să ningă! E minunat!

Maiorul își aminti de un decembrie prin '48 sau '49... Era student, îndrăgostit până peste urechi de-o colegă subțirică. Semăna puțin cu o pasăre. O chema Kuky, de fapt Zoe, dar părea o chestie pe atunci să ai doi de k și un y la nume. Tot prima ninsoare... Ajunseseră pe jos până la lacuri. O adevărată expediție. Băuseră apoi țuică fiartă într-o cârciumă cu rumeguș pe dușumea, din căni ciobite de lut. Se priveau în ochi și râdeau. Îi stătea bine baticul roșu petrecut pe după gât și legat la ceafă. O modă lansată, în anii aceia, de Michele Morgan. Prin geamul scund se vedea câmpul, ici-colo, risipite, coșmelii care scoteau câte o ață de fum...

– Într-adevăr, e minunat...

– Ce-i cu Valerica Scurtu? îl întrebă în șoaptă locotenentul.

Cristescu îl privi obosit:

– Bănuiesc că a fost asasinată.

– Asasinată?!

– Ca și Panaitescu. Ai ordinul de percheziție?

– Da.

– Scotocește toată casa... Deși cred că e inutil.

– De ce?

Azimioară scruta uluit chipul maiorului.

– N-ai să găsești nimic. Sunt prea liniștiți.

Melania Lupu își frângea mâinile. Îl urmărea cu ochii plini de lacrimi pe Azimioară, care începuse să cerceteze holul.

– Regret, doamnă...

– Îmi dau seama că nu aveți încredere în noi. Nu mă supăr deloc...

Cristescu își mușcă buzele. Bătrâna făcea parte din categoria aceea de oameni pe care nu-i poți brusca. Chiar când greșeala e evidentă, rămâne ceva care te oprește, așa cum alții cer palme degeaba, fără eforturi.

Se îndreptă spre odaia Valericăi Scurtu. Melania Lupu îl urmă și se opri în prag.

– În fond, dumneavoastră vă faceți datoria. O formalitate, așadar...

– Dispariția domnișoarei Scurtu e suspectă, declară Cristescu fără s-o privească. Nu vă ascund că nici sinuciderea lui Panaitescu nu m-a convins. Vă dați seama că acum mă convinge și mai puțin.

Melania Lupu articulă greu:

– Ne bănuiți de... de dublu asasinat? Ar fi îngrozitor...

Cristescu nu răspunse. Se plimba prin încăpere, cu mâinile la spate. Vedea interiorul cu alți ochi decât la prima vizită. Atunci fusese izbit de lipsa de gust, de ghiveciul ăsta de broderii, intuise obsesii de maniacă – „nu intra încălțat“, „nu pune degetele pe vitrină“, „ai grijă, cade scrumul“, „se roade covorul“, „se strică perdeaua“ etc. etc. etc. Acum odaia îl impresiona. Putea să ghicească eforturile emoționante ale Valericăi Scurtu – o femeie urâtă – de a-și încropi un trusou, în speranța disperată că se va găsi un individ pe care să-l ademenească o expoziție de bulendre. Și mai cumpăra un vas, o scrumieră sau o carpetă, mai depozita câtiva metri de lenjerie în șifonier, le căuta un loc în interiorul supraîncărcat, le admira și apoi ochea altceva, chibzuia alte economii, cu gândul la el, un anonim fără chip.

Se uită la bătrână. Rămăsese în prag măruntă, neputincioasă, cu mâinile atârnând pe lângă trup.

– Nu obișnuia să încuie ușa când pleca?

Melania Lupu își umezi buzele.

– La serviciu?

– În general.

– Ba da... În sfârșit, poate nu totdeauna. N-am verificat.

– Ciudat, reflectă Cristescu, deschizând dulapul. Mirosea a levănțică și a naftalină, iar hainele erau îmbrăcate în plicuri de nylon.

– Foarte ciudat. N-aș fi zis niciodată că o femeie ca Valerica Scurtu și-ar putea lăsa casa vraiște, la dispoziția primului curios. Și mai ciudat, față de spiritul de prevedere pe care-l dovedea în orice împrejurări: o broască de proveniență străină, două zăvoare pe dinăuntru și, deși n-am verificat, pariez că și frigiderul e închis cu cheia.

Melania Lupu își îndreptă părul la tâmple. Obrajii îi ardeau.

– Domnule maior, îmi pare extrem de rău, sunt o grămadă de amănunte fără explicație.

– Credeți?

– Presupun că există vreuna, desigur, dar mie nu-mi trece prin minte. Și firește, toate acestea se îndreaptă împotriva mea, a lui Doru, a domnului Popa. Ne suspectați fără... Își înghiți lacrimile: Fără ca eu... Vreau să spun că lucrul acesta nu mă jignește. Știu că așa trebuie. Vă rog însă să mă credeți. Sunt o femeie în vârstă. Mă aflu... mă aflu mai aproape de mormânt decât aș fi dispusă s-o recunosc. Poate la câțiva pași... Vă dau cuvântul meu de onoare că nici eu, nici ceilalți nu l-am ucis pe Panaitescu ori pe biata Valerica.

Cristescu își întoarse privirea. Nu suporta lacrimile, mai ales în ochii bătrânilor.

– Liniștiți-vă, doamnă... Nu vreți un pahar cu apă?

– Aș dori să mă credeți. Aș dori mult...

– Și eu, oftă Cristescu. Mi-ați spus că domnișoara Scurtu a plecat azi de dimineață la birou. O afirmație din păcate inexactă, care...

– Un moment! îl întrerupse Melania Lupu. Am spus într-adevăr că a plecat, dar nu că am *văzut-o* plecând. Nu a fost acasă în timpul dimineții și am presupus în virtutea unui, cum să vă spun, unui automatism că s-a dus la slujbă. Situațiile acestea mecanice se confundă uneori fără să vrei cu însăși realitatea. Ai impresia că le-ai trăit.

– Hm! Dacă nu mă înșel, mi-ați oferit și alte amănunte. Se simțea rău, nu știa dacă va putea participa la înmormântarea lui Panaitescu, dar se va strădui și așa mai departe.

Femeia replică ferm:

– Astea mi le-a spus aseară.

– Aha! Deci a dispărut în timpul nopții.

– Tot ce e posibil. Putea părăsi locuința fără să o audă nimeni.

– Nu și fără s-o vadă cineva.

– E bizar, desigur, dar asta încă nu înseamnă că noi am omorât-o.

– Vorbiți mereu în numele tuturor...

– Nu sunt singura bănuită.

Cristescu oftă.

– Stimată doamnă, Valerica Scurtu nu a plecat de acasă și, ca să fiu mai precis, nici nu intenționa s-o facă.

– Cum puteți fi atât de sigur?

Maiorul făcu câțiva pași prin încăpere. Se opri zâmbind, apoi își reluă plimbarea.

– Extrem de simplu. Nu pot să cred că a plecat, de fapt fugit, e sugestia dumneavoastră, apropo de dispariția în noapte fără să anunțe pe nimeni, fără să lase o vorbă...

– Sugestie? Cel mult o opinie...

– Să zicem. Așadar mi-e greu să-mi închipui că a fugit în capot și în palton. N-a uitat să-și ia carnetul cec – sunt convins că avea unul –, dar a uitat în schimb să-și pună o rochie. Mi-amintesc că m-a primit într-un capot alb. În dulap nu-l văd, nu-i nici în baie și nici aici pe cuierul din spatele dulapului, unde sunt convins că-l ținea ca să-l aibă la îndemână. Sper că am fost destul de limpede.

„A doua greșeală“, gândi Melania Lupu.

Pe chipul ei nu se citea nimic.

9

OMUL CARE NU UITĂ NIMIC

– Dacă nu aveți nimic împotrivă, aș vrea să mă retrag în camera mea.

– Firește, doamnă.

Melania Lupu își atinse obrajii înfierbântați.

– Mi-e teamă că a fost prea rece pentru mine la cimitir, am să iau un cașet.

Zâmbi curajos ca și cum ar fi vrut să dea asigurări că totul e un fleac, că în general nu ia în serios micile indispoziții. Lângă ușă se întoarse și aminti amabilă:

– Când aveți nevoie de mine, nu vă sfiiți să apelați. Nu mă culc niciodată înainte de douăsprezece. Zâmbi chinuit. Succes.

– Mulțumesc, doamnă...

Maiorul intră în bucătărie unde se afla Azimioară.

– Ce se aude?

Locotenentul ridică din umeri.

– Nimic deocamdată.

– Deocamdată... Mai speri?

– Firește.

– Aruncă o privire şi în camera lui Vâlcu.

– M-am uitat! Interior clasic. Un om de bun-gust care avea şi bani. În garderobă am găsit un şnur metalic.

– Şi?

– O spun cu titlu informativ. E ceva relativ ieşit din comun.

– Altceva?

– Grigore Popa şi în special sculptorul, care m-au asistat, au rămas înnebuniţi de ce-au văzut! Are tipu' o garderobă trăsnet. Nici nu se cunoaşte că şi-a luat lenjerie şi haine pentru un concediu.

– Nici la Carlo Ponti când i s-au furat cele treizeci şi şase de costume nu s-a cunoscut. E contabil, ştie să preţuiască banul.

Se uită în jur şi începu să râdă. Sunt teribili...

Cei şase locatari îşi împărţiseră bucătăria folosind o formulă inedită. Paravane înalte de carton presat despărţeau spaţii de circa doi metri pătraţi, unde abia încăpeau o maşină de gătit, o măsuţă pliantă, câteva rafturi pentru vase. Cristescu bănuia că graniţele erau apărate cu înverşunare, orice încălcare stârnind scandaluri uriaşe.

Chiar şi o privire superficială îi putea distinge imediat pe proprietari. Valerica Scurtu avea un aragaz strălucitor, oalele erau roşii cu buline albe, în colţul şerveţelelor care atârnau pe un cuier, apretate şi călcate, fuseseră brodate autografe îmbietoare: „Poftă bună, ursuleţ!" (cine o fi ursuleţul? se întrebă maiorul) sau „Gospodina bună ţine casa lună".

Sanitas-ul de dinainte de război, destul de bine întreţinut, aparţinea probabil Melaniei Lupu, iar reşoul electric cu cablul ferfeniţă, sculptorului. Grigore Popa preferase rafturilor un dulăpior închis cu lăcăţel. Peretele de deasupra maşinii era umplut cu avize, atent confecţionate: „Aerisiţi bucătăria şi curăţaţi spaţiul alocat. Gândacii nu se combat, se previn", „Strict interzis a se împrumuta chibrituri de la vecini în lipsa acestora", „Este interzis să se ridice capacul oalelor, cu excepția beneficiarului în cauză" și în sfârșit „Furtul între colocatari se pedepsește conform Codului Penal cu închisoare"...

– Ăștia-s nebuni! comentă aiurit Cristescu.

Azimioară dădu din cap ca unul care văzuse multe și nu-l mai miră nimic.

– Oameni... Oameni...

– Eu aș zice oameni și oameni!

– La capodopera sculptorului v-ați uitat?

Era un afiș mare, în culori violente, lipit între o oală găurită și un ibric cu coada strâmbă. Reprezenta o pisică grasă, spânzurată de ceafă într-un cârlig. Urmau urări grațioase scrise în caractere arhaice: „Poftă bună, Valerica!", „Bon appétit, Melania", „Stați-ar în gât, Grigore!", „Săriți-ar un dinte, Vâlcule!" și așa mai departe.

– E un tip glumeț, vorba bătrânei...

Maiorul râdea cu lacrimi:

– Pot să-mi imaginez ce-a fost când au dat cu ochii de drăcia asta.

– Hm, făcu locotenentul alb la față, eu unul știu că nu mai mănânc diseară.

Grigore Popa îl primi cu o mină posomorâtă și azvârli ostentativ ziarul pe masă. Odaia nu fusese aerisită, mirosea vag a șoareci și cărți ude, a lucruri vechi.

Luă de pe birou o bilă de cristal și începu s-o învârtă în palmă.

– Ei, ați găsit-o pe nefericita aia?

– Tocmai veneam să vă cer o mână de ajutor, spuse zâmbind maiorul.

Bătrânul îl privi pe sub sprâncenele groase.

– Înseamnă că n-ați făcut nicio brânză.

Părea dezamăgit.

– Adevărat, recunoscu maiorul. Se uită în lungul pereților. Mă întreb unde poate fi ascuns un cadavru.

– La mine în odaie?

– La dumneavoastră, în altă parte...

Bătrânul izbucni pițigăiat.

– Ce-s glumele astea!? Cum vă permiteți?

– Nu e o glumă, domnule Popa, am certitudinea că Valerica Scurtu a fost asasinată. Sublinie: În această casă.

– Vă avertizez că asemenea ofensă...

– Va fi consemnată în carnețelul dumneavoastră.

– Bine, dar e o aberație!

– Știți tot atât de bine ca și mine că nu-i o aberație. Femeia nu a părăsit de trei zile locuința! Unde se află?

– Căutați-o în târg, prin spitale, la Morgă, la balamuc, sau la naiba știe! La urma urmei, nu mă plătește nimeni ca să păzesc toți nebunii! Se agăță de brațele balansoarului. Fiecare să-și păzească pielea, domnule. Ăsta mi-a fost principiul în viață.

– Sunteți un om cu principii... Am remarcat de la prima vizită, făcu maiorul răsucind între degete țigara neaprinsă. În ce relații erați cu domnișoara Scurtu?

Popa reteză aerul cu palma.

– De niciun fel. Persoana nu mă interesează.

– În ce sens? întrebă candid Cristescu.

– În toate sensurile. N-am vocație pentru cretini. Vă satisface argumentul?

Cristescu clătină din cap.

– Deloc. Din câte știu, nu i-ați rezervat Valericăi Scurtu un tratament special. Vreau să spun că nu întrețineați legături mai apropiate cu nimeni.

– Exact, rânji bătrânul. În casa asta, domnule maior, există, v-ați convins sper, o superbă galerie de cretini. Cu și fără temperament, blonzi, bruneți sau cu bube...

Ăsta-i balamuc, nu casă! Ăla ciopleşte pietroaiele – se exersează pentru ocnă, bănuiesc –, Panaiteştii bat, mă rog, băteau de nebuni la maşină când îţi era lumea mai dragă, Melania descântă motanul, Valerica dondăne la portretul Sfântului Anton – patronul fecioarelor nemăritate. Vâlcu numai de femei şi discuri ştie! Ăsta cel puţin ne ucide, domnule! O ia din zori cu Carusso şi termină la miezul nopţii cu Şaliapin.

– Acum sunteţi mai liniştit, constată maiorul. Contabilul e în concediu.

– Şi după aia? În fiecare an, îşi ia vacanţă iarna. După trei săptămâni, se întoarce, la braţ cu soră-sa. Atunci să vezi distracţie! El operă, ea muzică de cameră. O bezmetică! Bărbatu-său şi-a luat lumea în cap! Consultă febril agenda: la 15 martie 1952, a părăsit-o după numai trei luni de convieţuire. Eu, unul, nu rezistam nici atât!

Cristescu începu să râdă:

– Îi ştiţi cumva şi adresa?

– O clipă. Întoarse câteva pagini: Da! Strada Karl Marx 118-D.

– Încep să înţeleg de ce nu întreţineţi relaţii cu niciunul din vecini.

– În sfârşit!

– Şi-mi dau seama că, în aceste condiţii, unul sau altul poate deveni indezirabil...

– Ce vreţi să spuneţi?

– Domnul Matei, tânărul, preciză ca şi cum celălalt ar fi avut nevoie de explicaţii, îmi relata că de ani buni o urmăriţi într-un mod, în sfârşit, cam insistent, pe domnişoara Scurtu. Insistenţe penibile care s-au izbit de o indiferenţă glacială.

– Ce?! Grigore Popa se sufoca. Eu?! Eu... După... Căuta ceva grosolan, crâncen. Adică umblu după insecta aia şuie? După fecioara asta păduchioasă pe care...

Cristescu îl întrerupse:

– Ca să-l citez pe domnul Matei, marile pasiuni izbucnesc de multe ori atunci când te aștepți mai puțin și vizavi de cine nu te aștepți...

– Uluitor!!

– Tot domnul Matei presupunea că... În fine, fiind un tip violent și ranchiunos, excesiv de dur...

Grigore Popa tremura de indignare.

– E un ticălos!

– Dumneavoastră îl cunoașteți mai bine...

– Un ticălos, un obsedat sexual! Orgiile lui sunt de pomină! A ajuns să ne cunoască tot cartierul. Întrebați vecinii! Urlă de nebun, în puterea nopții, la fereastra deschisă, cu un topor în mână: *O chema Margot! Ce mult am iubit-o!* Animalul ăsta își îngăduie să vorbească despre mine?!

– Din nefericire, doamna Melania Lupu împărtășește același punct de vedere.

– Baba?! Ei nu, că asta e prea de tot!

– Apropo, cine e Margot?

Bătrânul nu se lăsă întrerupt:

– Vasăzică alerg după cretina aia galbenă! Eu! Păi dumneata știi ce partide am avut eu? Anne-Marie Vernescu, fata lui Mitiță Vernescu, generalul, însurat cu Sultana Bibescu. Moșii în Oltenia, case la Galați, vapoare pe Dunăre! Erau proprietarii Ceahlăului, domnule! Știi ce-i aia? Ceahlăul! A umblat după mine Dobrin, senatorul. Mi-o arunca de gât pe fiică-sa: „Ia-o, domnule".

– Așa zicea?!

– Închipuie-ți! făcu Popa înghițindu-și saliva. Sau ălălalt, care-i făcea obstrucție lui Vaida în Parlament, deputat de Vlașca, am uitat cum îl cheamă. Avea trei fete, frumoase, cu Notre-Dame, cu pian, cu șapte guvernante! Se ruga de mine... Iliant! Așa-l chema! Alege-ți, Grigoriță! Care-ți place ție! Alege-ți!

– Tțțț! Și dumneavoastră nimic!

– Firește! M-am conservat, adică, pentru Miss Scurtu.

Maiorul începu să râdă.

– Probabil au glumit...

– Ce glume, domnule? Astea sunt glume?

– Apropo de Doru Matei, spuneați că a iubit-o pe una, Margot...

Bătrânul își șterse fruntea. Transpirase de enervare.

– Eu spuneam? El spunea! Un escroc! Ademenește vagabonde și, dacă se găsește vreuna care n-are chef să-și dea jos rochia, scoate un topor, mânjit cu roșu și urlă ca un descreierat: *O chema Margot! Ce mult am iubit-o.* E, chipurile, masculul dezlănțuit, capabil de orice. Nenorocita se sperie și...

Cristescu continuă să râdă.

– Exagerați, desigur.

– Zău?! Vă aduc toporul. Îl ține în baie, sub cadă.

Făcu câtiva pași spre ușă.

– Lăsați, vă cred...

– Să-i vedeți recuzita! Ce teatru! Ce Tănase! Și-a confecționat uite așa un teanc – arată cu mâinile – de bancnote. Hârtie, domnule! Hârtie! Doar prima și ultima sunt sute. Le leagă cu elastic, bagă într-o servietă o sticlă în așa fel încât să se vadă gâtul astupat cu un ciocălău, vin de țară adică, și pleacă la vânătoare prin Consignația. Întâlnești acolo tot felul de maimuțe. Ochește una care-i place și-i cere sfatul. Cică e inginer din provincie, vrea să aleagă un cadou pentru logodnică. Îi flutură prin fața nasului purcoiul de bani și aia pică în fund. Crede că a dat lovitura. Mă înțelegeți...

– Înțeleg...

– V-ați uitat ce mobilă are în casă? Dacă o scuturi, se face bucăți. Surcele! Vorba vine... Variantă la chestia cu toporul. Când dă de una năzuroasă, începe să spargă totul. Vezi, dragă Doamne, e plin de temperament... După ce dama pleacă, pune lemnele la loc. Nici nu se cunoaște! Împunse degetul spre maior cu gestul lui caracteristic: Afirmațiile mele se pot verifica. Întrebați vecinii, sectoristul... Se bătu cu palma peste frunte: Chiar acum câteva săptămâni... Vă spun imediat...

Coborî din balansoar și scotoci în gheridonul de lângă pat. Se întoarse răsfoind o agendă mare.

– Am aici totul, cu date precise. Își muie gros degetul în gură. Aha, uite! Sâmbătă, 17 noiembrie. Seara la ora douăzeci și două și treizeci de minute. A venit acasă cu o tipesă. Poate să vă confirme și Melania Lupu. La un moment dat, a început un scandal crâncen. Țipau amândoi ca din gură de șarpe.

– De ce? întrebă amuzat Cristescu.

Agenda bătrânului îl fascina.

Popa o închise și o puse în buzunarul halatului.

– Individa rezistase la toate probele. N-au impresionat-o nici toporul, nici mobila făcută ferfeniță. Și atunci animalul i-a cerut banii. Fiți atent! Banii pentru ceea ce consumase la restaurant. Atât și atât friptura, atât vinul. I-a pretins până și un leu pentru două chifle. Aia se jura că a mâncat doar una, fiindcă e în cură de slăbire, ăstălalt o ținea morțiș cu leul lui.

– Și până la urmă?

– A plătit și bacșișul chelnerului.

– Uluitor.

Bătrânul scuipă într-o parte.

– Ăsta-i bărbat?! Și ăsta își îngăduie...

Cristescu îl întrerupse:

– Aş vrea să mă uit puţin prin agenda dumneavoastră. Dacă-mi permiteţi...

Grigore Popa se ghemui în balansoar. Îl privi întunecat:

– Sunt chestiuni personale, intime, aş zice, care nu interesează pe nimeni.

– Vă asigur că voi trece peste ele.

Bătrânul ezită, apoi scoase cu o mişcare silită din buzunarul de la piept altă agendă.

Cristescu o răsfoi distrat (conţinea notaţii lapidare: 16 noiembrie, de plătit chirie, întreţinere; 5 decembrie – farmacie, zaharină gratis; 7 decembrie – policlinică, 8 – dentist etc.), apoi o puse pe masă. Surâse:

– Cealaltă m-ar interesa.

Avu impresia că bătrânul geme. I-o întinse cu mâna tremurândă.

Maiorul nu-şi ascunse surpriza. Era un fel de condică împărţită pe rubrici: „venituri", „cheltuieli", „buletinul sănătăţii", „vecinii", „duşmanii" (în viaţă şi decedaţi cu o mică precizare privind vârsta, profesiunea, situaţia familială până la nepoţi, precum şi anul, ziua şi fapta de care se făcuseră vinovaţi).

„De fapt", îşi zise Cristescu simţind cum îi transpiră degetele pe scoarţa neagră de piele, „aici e toată viaţa lui..."

Îl înspăimântară meschinăria preocupărilor, meticulozitatea ranchiunoasă cu care îşi alimenta inamiciţii de-acum câteva decenii, fleacuri fără importanţă, de genul:

„M.S. – şaizeci şi opt de ani, colonel pensionar, doi fii etc. – a declarat public la 12 februarie 1934, în barul Cazinoului din Sinaia, că sunt un impostor de-o incapacitate monumentală. *Nota bene*: printre asistenţi se afla generalul de brigadă Miclan de la Statul-Major. Sunt convins că nepromovarea mea cu ocazia avansărilor din mai..."

Sau: „C.T. – avocat etc. – a determinat-o pe doamna Ana Muzicescu să mă şteargă de pe lista invitaţilor la

Revelion (1929). Chestiune de importanță capitală pentru mine, căci era singura posibilitate de a-l contacta pe N. care..."

Decedații aveau o cruce mare în dreptul numelui, iar moștenitorii erau încercuiți pentru orice eventualitate. Ici-colo, se putea citi câte un „achitat" scris cu roșu, ceea ce însemna, desigur, că Popa reușise să plătească polițe imprescriptibile.

Paginile următoare fuseseră destinate vecinilor și parcă vedeai ochiul negru al bătrânului lipit de gaura cheii, urmărindu-le toate mișcările. Melania Lupu ar fi fost probabil foarte surprinsă să afle că există cineva care să-și amintească de pildă că la 9 august cumpărase un colier de perle - șaizeci și cinci de lei -, o cutie mare de jeleuri și un kilogram de parizer pentru motan. „De unde atâția bani?" era întrebarea lui Popa și „rămâne în observație" - rezoluția. Isprăvile sculptorului, detaliate, se consumau pe mai multe file.

Carnetul îl mai informă pe Cristescu despre ieșirile soților Panaitescu, despre un telefon primit de Valerica Scurtu în primăvară, după care femeia se dusese la coafor și întârziase seara. „Vedere" semnala Popa, suspectând-o de codoșlâc pe Melania Lupu despre care presupunea în același timp că nu face servicii gratuite. Indicații curioase se refereau la contabilul Vâlcu, celălalt colocatar. La rubrica lui, bătrânul trecuse simple cifre: „5 iulie - 4"; „6 iulie - 3" și așa mai departe.

Cristescu întorcea paginile stupefiat, sub privirea întunecată a bătrânului. Buletinul sănătății întocmit cu scrupulozitate, săptămânal, se ocupa în primul rând de tensiune (24. noiembrie - 13,8; medicul sugerează pentru moment încetarea tratamentului cu hiposerpil), urmând în ordine rezultatul analizei urinei, VSH-ul, colesterol, globule roșii etc. În fiecare lună, efectua un control dentar, iar în afara acestora erau consemnate indispozițiile trecătoare: „15 mai – de dimineață am simțit furnicături ciudate în palme și laba piciorului. Am socotit prudent să nu părăsesc patul" sau „18 august – prânz ușor, cu toate acestea indigestie. Cumpărat pentru orice eventualitate tetraciclină și ftalisulfatiazol. Temperatura, normală".

Cristescu putea să-și imagineze ce catastrofă constituia pentru medici un pacient ca Popa, cu graficele lui. Îl și vedea în cabinetul de consultație, scoțându-și nota din buzunar și oferind rapoarte amănunțite. *Le malade au petit papier* spunea Charcot. Dar bătrânul era mai mult decât un simplu ipohondru. Era de-a dreptul monstruos. Pe maior îl copleșea existența care și-o construise, cu un orizont baricadat de bucurii urâte. Ceva ca o încăpere fără lumină și fără orificii de aerisire, ceva jilav și alunecos, unde se târăsc jivine mărunte cu trup de gelatină și picioare multe...

Ajunse în sfârșit la ultima rubrică „idei", unde Popa își propunea să sesizeze cutare sau cutare for în legătură cu o chestiune oarecare. De pildă, nota la 21 aprilie: „După ora douăzeci, parcurile noastre constituie o adevărată rușine. Apropo de indecența perechilor îmbrățișate pe bănci. Propun închiderea lor în timpul nopții ca și o iluminare puternică. De sesizat Consiliul Popular al Municipiului București".

Mai avea sugestii privind ținuta tinerilor (fetele să umble cu părul strâns, sub fileu și în uniformă ca licencele de prin anii '20–'30), se declara categoric împotriva învățământului mixt.

Cristescu puse carnetul pe masă. Popa îl recuperă cu satisfacție, ascunzându-l repede, undeva în poalele halatului. Își trase broboada pe umeri și spuse umezindu-și buzele:

– Bănuiesc... Da... Bănuiesc că nu v-a făcut o impresie prea bună. Puteam să nu vi-l dau...

Cristescu îi aruncă o privire întrebătoare și celălalt reluă.

– Da, puteam să nu vi-l dau... N-aveați cum să mă obligați.

– De ce mi l-ați dat atunci?

– Un calcul elementar, râse Grigore Popa. Vedeți doar, trec totul în carnet.

– Chiar totul?

– Absolut! Acum puteți să vă dați seama că nu i-am purtat sâmbetele lui Panaitescu ori domnișoarei Scurtu. Indivizii mi-au fost indiferenți. N-am nicio vină că au murit.

– Cineva mai bănuitor ar putea raționa altfel.

– Cum?

– Mi-ați arătat agenda încercând să mă convingeți că vă notați fiecare pas.

– Exact.

– Dar dacă ați omis conștient câte ceva?

– Mă jigniți! Mă jigniți profund!

– Dacă nimic din ceea ce ați scris nu e adevărat?

– Extraordinar! Aveți cuvântul...

Cristescu șopti cu ochii pierduți în gol.

– Inutil! Sunt convins că ați scris adevărul. Din punctul de vedere al complexului psihic, sunteți un om în stare de orice. Mă îngrozesc pur și simplu!

– N-ar fi cazul, având în vedere ceea ce profesați.

Maiorul aprinse o țigară. Degetele îi tremurau.

– În viața mea n-am întâlnit pe cineva care să vă semene! Am avut de-a face cu escroci, pungași, criminali, în fine, toată drojdia pe care o dă la iveală orice societate. Am răscolit sentimente murdare și interese meschine, am investigat patimi bestiale, ce se pot naște doar în minți întunecate care n-au depășit condiția primară...

– Dar unul ca mine n-ați mai întâlnit, rânji Grigore Popa întrerupându-l.

– Nu, spuse Cristescu privindu-l deschis, în ochi. N-am mai întâlnit. N-am mai întâlnit un om pe care să-l cutremure bucuria celorlalți. A tuturor celorlalți! Să-l întristeze, mai mult să-l doară! Asta ca principiu de viață.

Grigore Popa rămase pe gânduri.

– Vă înșelați, domnule maior. Nu... E altceva. De fapt, nu m-ați înțeles.

Doru Matei ieși din odaie fără să facă zgomot. Lăsă ușa deschisă și ascultă un timp. Auzi glasurile înfierbântate ale bătrânului și maiorului, mișcările locotenentului care răzbăteau surd din cămară. În camera ei, Melania Lupu povestea ceva pisicii. Cunoștea vocea monotonă care se împletea la un moment dat cu ron-ron-ul motanului.

Înaintă elastic și așteptă din nou. „Acum!“ gândi și se precipită spre scrin. Atinse stema.

O tuse uscată îi opri brațul în aer. Melania Lupu stătea în cadrul ușii. Pisica i se răsucise pe după gât, ca un guler de blană negru. Vorbi încet:

– Comiteți imprudențe, domnule Matei. Nu-i acum momentul să admirați pânzele...

Îl așteptă până intră în camera lui, apoi închise ușa zâmbind.

Azimioară apăru după câteva minute, căutându-și țigările. Erau pe o măsuță, lângă odaia bătrânei. Glasul domol îi atrase atenția:

– ...și atunci, la Roșu Împărat veni cel de-al treilea fecior. Tată, îi spuse, lasă-mă și pe mine să-mi încerc norocul. Balaurul cu șapte capete din pădurea Iasminului... Mă asculți, Mirciulică? Uf, urâciosule! Ai adormit...

Locotenentul, buimac, se rezemă de zid.

– Termenii dumneavoastră de comparaţie, spuse Grigore Popa, ar trebui să mă supere.

Maiorul schiţă un gest de oboseală.

– Ce importanţă are... În orice caz, nu asta am intenţionat.

– Ar fi trebuit să mă supăr, repetă încăpăţânat bătrânul. Dar nu mă supăr pentru că n-aţi înţeles nimic. Sunt un om sever. Sever în primul rând cu mine însumi.

– Probabil că eu nu cunosc noţiunea...

– O ironie ieftină care nu vă onorează, iar pe mine nu mă atinge. Am crescut într-o casă unde, înainte de toate, mi s-a cultivat simţul datoriei.

– Şi dragostea pentru semeni, bănuiesc.

– Vă obsedează caietul meu. Oamenii aceia au greşit. Nu puteau rămâne nepedepsiţi. Dumneavoastră, în fond, procedaţi la fel. Îi sancţionaţi pe ticăloşi.

– Hm! maiorul trase fumul până în adâncul plămânilor. Nu mi-a trecut niciodată prin minte să tai capul unuia care nu m-a crezut prea deştept. Şi-or fi fost destui...

– Incidentul de la Sinaia a avut pentru mine consecinţe dezastruoase. Iar capul nu i l-am tăiat. L-am răsplătit doar pe măsura faptei sale.

– Adică?

Grigore Popa îşi supse buzele. Ezită câteva secunde, apoi declară:

– N-am de ce să mă ascund. Chestia s-a întâmplat în '34. În '39, eram amândoi în garnizoana Câmpina, comandată de generalul Marian Toma. Nu exista pintenat în toată România să nu fi auzit de nebunul ăsta. Capabil, dar răzbunător, violent şi fără cumpăt. Îi trata pe ofiţerii superiori ca pe simpli recruţi, cu un singur bumb pe epolet. Nu admitea greşeala. La un chef, într-o grădină de vară, omul meu de la Sinaia s-a apucat să-l înjure în gura mare. Cunoștea multe, se știau din școală. Râse în barbă. A doua zi, am ieșit la raport.

– Dintr-un spirit de echitate, presupun.

– Bineînțeles. N-am făcut decât să reproduc cele auzite. Aveam și martori.

– Apoi?

– În toamnă, l-au pus pe liber. Pensionat la treizeci și nouă de ani... Toma lucra repede. Făcu o pauză: Ați fi procedat altfel?

Cristescu nu-i răspunse. Simțea un nod în gât.

– Am să vă dau un alt exemplu. Tata era director de școală, școală primară.

– Unde? întrebă maiorul gândindu-se la altceva.

– La Turnu-Măgurele. Am fost elevul lui. Când băieții făceau vreo poznă, pe mine mă pedepsea primul. Mama l-a lăsat și s-a întors la părinți, în Ardeal. Aveam zece ani pe-atunci. Nu-mi îngăduia s-o văd. Ne-am reîntâlnit prima oară după paisprezece ani... Întâmplător, la Sălcii – un sat pe valea Someșului. Eram în manevre. Am intrat într-o dugheană să cumpăr timbre și țigări. Ea m-a recunoscut, i-am întors spatele... Își scoase mâinile de sub pled și începu să-și mângâie genunchii. Nu am mai văzut-o niciodată după aceea. Așa am considerat corect. N-avea dreptul să-l părăsească pe tata!

Maiorul abia mișcă buzele:

– De ce?

– Nu-i îngăduit să abandonezi o familie, un bărbat, numai pentru că nu-ți permite să-ți agăți cercei în urechi. Pentru că-ți pretinde o comportare virtuoasă, decentă. Tata a fost o mare personalitate. El mi-a îndreptat pașii spre o viață cu adevărat demnă și am satisfacția că am izbutit. La șaizeci și trei de ani, nu mi-e rușine de nimic din ceea ce am făcut. Caut o greșeală cât de mică și n-o găsesc.

– Aţi fost căsătorit?

– Nu... După experienţa dezastruoasă a tatei... Vă daţi seama...

Continuă să vorbească ridicând în slăvi o existenţă spartană, plină de jertfe şi demonstraţii de voinţă.

„În fond", reflectă Cristescu, „viaţa unui ins mărunt şi egoist cu pofte anemice, uşor de înfrânt."

Se îndreptă în scaun şi căută ochii bătrânului.

– Există în carneţelul dumneavoastră o indicaţie: „14 septembrie curent, V.S. manevră murdară. Se va plăti!"

Grigore Popa căscă gura. I se simţea răsuflarea grea, neplăcută.

– Nu-mi amintesc...

– Încercaţi totuşi.

– Imposibil... Bătrânii ţin minte întâmplări de acum cincizeci de ani, dar uită ce au mâncat ieri. E un adevăr banal.

– Poate vă amintiţi alt amănunt. Din agendă lipsesc două pagini. Au fost smulse. Nu ştiu ce s-a întâmplat pe 1 decembrie, dar o săptămână mai târziu – pagina din 8 care lipseşte – a murit Panaitescu.

– E o aberaţie! Bănuielile dumneavoastră sunt pur şi simplu absurde. Vă înşelaţi!

Bătrânul părea că se sufocă. Gesticula stângaci, fără convingere. Cristescu îl măsură lung, apoi spuse:

– Aş dori din tot sufletul să mă înşel, domnule Popa. Nu-mi plac suspiciunile şi, credeţi-mă, de-a lungul anilor am evitat procedeul. Mai mult, în fiecare dosar încredinţat, am plecat de la premisa că nu oricine e capabil să ucidă. În consecinţă, m-am străduit să întocmesc liste de inocenţi.

– Nu s-ar zice, cel puţin în ceea ce ne priveşte.

– Vedeți, acest „ne" sau „noi", acest front comun pe care-l faceți mă pune pe gânduri. Vă detestați și totuși când aduc în discuție moartea lui Panaitescu, toți, absolut toți, încercați să mă convingeți că individul s-a sinucis. De ce? De ce nu acceptați, cu titlu de ipoteză măcar, altă formulă? De ce domnul Matei, în ciuda disprețului față de dumneavoastră...

– Vă asigur că e reciproc, interveni bătrânul.

– Știu. Și totuși poate să jure până în pânzele albe că nu sunteți capabil de crimă. Dumneavoastră, apropo de reciprocitate, procedați la fel. La fel procedează și doamna Melania Lupu.

– Cu alte cuvinte, vă deranjează faptul că ne-am permis să fim obiectivi.

– Altceva mă deranjează! Dacă-mi îngăduiați să cred că sculptorul, de pildă, poate să împingă neghiobia ceva mai departe – în perimetrul crimei să zicem –, m-ați fi derutat. Dar nu eu trebuie să vă învăț cum se induce în eroare...

– Vorbe, vorbe...

– Să trecem la fapte! Lipsa din agendă a paginii care poartă data crimei e un fapt concret. Sunteți de acord?

– Să zicem. În orice caz, nu și cu rubrica la care ați încadrat moartea lui Panaitescu. Îmi permit să vă atrag atenția că lipsa paginii pledează cel mult în favoarea mea.

– În sfârșit, ați renunțat la „noi".

– Pot să continui?

– Vă rog.

– Spuneam că pledează în favoarea mea și am să vă explic de ce, deși mă așteptam să conchideți singur. Știind că am smuls tocmai această pagină, cum vă imaginați că aș fi acceptat să răsfoiți carnetul?

– Adică îi ignorați lipsa?

– Firește.

Maiorul surâse.

– E adevărat, domnule Popa. Nu ştiaţi. Carnetul ăsta face parte integrantă din viaţa dumneavoastră şi nu vă văd capabil să-l mutilaţi. E ca şi cum ţi-ai smulge singur inima. Pentru că inima dumneavoastră e acolo...

– V-aş rămâne îndatorat dacă m-aţi scuti de anumite observaţii personale. În sfârşit, sper că v-aţi edificat.

– Perfect. Să ne imaginăm că doamna Melania Lupu sau domnul Matei v-ar fi cerut să renunţaţi la filele cu anumite însemnări compromiţătoare, cum aţi fi procedat?

– Ei, bravo! O fi impertinent flăcăul ăsta, dar nu într-atâta, încât...

– La asta mă gândeam şi eu. Nici măcar n-au îndrăznit să v-o ceară! Mergem mai departe! Ce credeţi că le rămânea de făcut?

Bătrânul privi reflex spre odaia Melaniei Lupu. Maiorul clătină din cap:

– Nu sunteţi un partener de nădejde, domnule Popa, şi tare mi-e teamă să nu fiţi abandonat pe parcurs...

10

CONTRAOFENSIVĂ

– Când ați văzut-o ultima oară pe Valerica Scurtu?

– Poftiți?

– Întrebam, și dumneavoastră ați auzit foarte bine, când ați văzut-o ultima oară pe domnișoara Valerica?

Cristescu se uita la obiectele ciudate așezate pe trepieduri și polițe. Sculptorul călărea un scaun sprijinindu-și bărbia în pumni. Părea să mediteze.

– Știți ceva? Eu, unul, aș desființa proba cu martori.

– De ce?

– Pentru că mi se pare complet lipsită de valoare. Fără relevanță, cum ați spune dumneavoastră. Mi-aduc aminte de o chestie... Mă aflam întâmplător pe strădița aceea din spatele Bisericii Albe. Așteptam pe cineva. La un moment dat, văd doi indivizi care sar gardul de la Athénée Palace și o iau la goană. Au trecut chiar prin fața mea... Mă ascultați?

– Evident, răspunse maiorul.

– Mi-am dat imediat seama că sunt niște pungași ordinari care ciupiseră niscai cosmetice, eventual vreun ceas de la hotel, mai ales că unul din ei ținea mâinile sub centură ca să nu piardă ce furase. Avizat deci asupra calității lor, i-am urmărit atent. Treburile astea îți stârnesc totdeauna curiozitatea.

– Unde vreți să ajungeți?

– Aveți răbdare. După ce au dat colțul, mi-a trecut prin minte, așa ca un exercițiu, să le reconstitui semnalmentele. Ce aș declara, solicitat eventual ca martor. Își încrucișă picioarele, întinzându-le în toată lungimea lor. Aiureli, domnule maior! Asta e tot ce aș fi fost în stare să le relatez. Simple aiureli! Unul era negricios cu părul creț, iar celălalt avea haine albe. Rețineți, asta se întâmpla la câteva secunde după consumarea incidentului! Vă întreb atunci, ce încredere poți acorda unui amărât care vine în fața instanței după nu știu câte săptămâni, dacă nu luni, și-ți toarnă baliverne? Nefericitul nici măcar nu minte... E ca și cum ți-ar povesti despre marțieni.

Maiorul începu să râdă.

– Spuneți că i-ați văzut sărind zidul...

– Exact.

– Treaba asta necesită, în principiu, un minim de condiție fizică. Se poate presupune deci că cei doi erau tineri sau cel puțin în puterea vârstei.

– Tineri în orice caz, preciză Matei. Chiar foarte tineri.

– Iată deci o delimitare esențială. Dintr-o singură mișcare am exclus din cauză un anumit număr de indivizi. Cei, să zicem, peste treizeci de ani. Mergem mai departe! Ați observat doi inși. Iată încă un indiciu. Alții lucrează singuri sau câte trei-patru. În consecință, vom căuta în fișele noastre doi parteneri – tineri care se țin de găinării. Un borfaș serios nu sparge camere de hotel, nu-și riscă pielea pentru un aparat de ras electric, un ceas sau, cum spuneați dumneavoastră, niscai cosmetice. Avem de-a face, deci, cu niște începători... Adăugați părul creț și tenul smead. Nici nu mai interesează datele celuilalt. Vin de la sine. Fiind în posesia acestor „aiureli“, Miliția i-ar fi depistat pe borfașii dumneavoastră în mai puțin de douăzeci și patru de ore... Și acum să ne întoarcem la domnișoara Scurtu, când ați văzut-o ultima oară?

Matei se ridică nervos.

– Aseară... Cred că aseară. Sunt un om distrat. Nu dau atenție celor ce se întâmplă dacă nu mă interesează direct. Pe lângă Valerica Scurtu, mai ales, trec ca pe lângă o mobilă. M-am obișnuit să n-o văd. Suntem mulți, fiecare are programul lui. Să zicem că lucrez toată seara în camera mea. Habar n-am dacă ăilalți sunt acasă, ce fac, ce le trece prin minte, dacă s-au spânzurat ori...

Gesticula înfierbântat, traversând încăperea de la un capăt la celălalt.

– Ca să vezi! Domnul Grigore Popa vă descrie cu totul altfel.

– Gaura cheii strâmbă imaginile. E firesc!

Cristescu căută o scrumieră. Ținea mâna țeapănă să nu cadă scrumul.

– Dați-i drumul pe jos, spuse sculptorul. Nu mă deranjează... În fine, asta-i cu Valerica! Mi-ar face plăcere să vă ajut, dar... Păru fulgerat de-o idee. Discutați cu Melania Lupu sau chiar cu bătrânul... Ăștia n-au altă plăcere decât să spioneze, să se spioneze, să ne spioneze... Mă rog, puteți conjuga tot verbul.

– Am să vă întreb altceva atunci, declară Cristescu pe gânduri. Credeți că domnișoara Scurtu se mai află în viață?

Se întâmplă ceva curios. Fața sculptorului rămase impasibilă. Nu se putea citi nimic pe ea. Doar umerii se pleoștiră. Păreau obosiți. Articulă uscat.

– Da, cred că da...

– Sincer?

– Logic, așa ar trebui să fie. Și totuși, după cele întâmplate...

– Vă referiți la „sinuciderea“ lui Panaitescu?

– Exact. Fără să vrei, încep să se strecoare îndoielile. Mi-a spus bătrâna că încă nu s-a întors.

– Când a plecat?

– Nici ea nu știe... Poate în timpul nopții. Poate de dimineață.

– Exclus! Valerica Scurtu n-a ieșit din casă!

– Atunci, n-am idee. Asistăm la un adevărat mister.

– Oare?

– Din moment ce nu putem lămuri lucruri atât de simple... Un fapt însă rămâne cert: absența Valericăi – indiferent de numărul de ore pe care îl însumează – reprezintă o deviere de la programul obișnuit. Nenorocita, exceptând timpul petrecut la birou, nu iese literalmente din casă. Stă în expoziția ei și tricotează ori visează la cai verzi pe pereți. În sensul ăsta îmi dă de gândit și evident în contextul ciudățeniilor la care asistăm. Balamucul cu Panaitescu, prezența dumneavoastră, foarte plăcută de altfel... Și din moment ce sunteți sigur că Valerica n-a părăsit locuința...

– Cert!

Sculptorul se strâmbă.

– E caraghios! Doar nu s-a volatilizat! Unde putea să se ascundă? Și de ce?

– Nu *ea* s-a ascuns, domnule Matei.

– Chestiile astea sunt prea complicate pentru mine... N-a plecat și totuși a dispărut, a murit, dar unde e cadavrul... Ca într-un film de groază! Nu sunt isteț din cale afară, dar am așa o impresie, în organism, că răsuciți între degete o monedă calpă. Începu să râdă. Îl aud pe subordonatul dumneavoastră cum ciocănește pereții. Pur și simplu te apucă mila. L-o fi așteptând nevasta, s-a răcit tocana, copiii ăia trebuie și ei bătuți... Aici, în casă, nu poți camufla un singur ac! Ziduri perfecte, fără o nișă, o singură cămară, coridoare trase cu rigla, șase dulapuri, câte unul de familie.

– Rămâne de văzut, oftă Cristescu, îndreptându-și spatele.

– Adică nu mă credeți?

– Vai de mine, eu cred absolut tot ce spuneți dumneavoastră. Totuși, vom continua cercetările.

– Sunteți invitatul meu, aveți toată noaptea la dispoziție. În ce mă privește, peste o jumătate de oră trag obloanele, sting firma și *de ce nu dormi? au nu ești tu cu mine*... Ăilalți cred că, deja, sforăie.

– Nu sunt așa de sigur. Mă îndoiesc chiar și de visele dumneavoastră. Pariez că n-o să vă culcați!

– Să fim serioși! Crăpăm de oboseală... Vânzoleală, cimitir. Vizite peste vizite... Bașca senzații și mistere! Mai lipsește o fantomă.

– În prima noastră discuție, mi-ați atras atenția asupra însemnărilor pe care domnul Popa și le face într-un carnet. Ați avut dreptate. Sunt pline de învățăminte...

– Carnet? Ce carnet?!

– Jurnalul domnului Popa, mostră de răutate, mustind de venin etc. Parcă așa vă exprimați?

– Am spus eu așa ceva?

– N-ați spus? Probabil m-am înșelat.

– Sigur! Ce chestie! Râse din gât: Ca să vezi! A început și ăsta să-și scrie memoriile...

Maiorul își încheie haina.

– V-ați angajat într-un joc periculos, domnule Matei. Mă întreb care e miza?

– Ce înseamnă joc? Și ce înseamnă miză? Nu cunosc termenii...

– Mai reflectaţi. Ştiţi ce aş face eu în locul dumneavoastră? M-aş sfătui cu Melania Lupu şi domnul Popa. Adăugă zâmbind: Sunt plini de idei...

– Au plecat? se interesă Grigore Popa în şoaptă.

Bătrâna înclină capul. Privea în gol cu mâinile inerte căzute în poală. Celălalt se apropie.

– Unde-i ticălosul?

Doru Matei deschise uşa cu piciorul. Ţinea în braţe o pernă şi un pled.

– Bănuiesc că e vorba despre mine... Aici, mon cher! Apropo, revizuieşte-ţi, te rog, vocabularul! S-ar putea să mă indispună.

Grigore Popa îşi încleştă pumnii. Ţipă cu o voce gâtuită de furie:

– Nemernicule! I-ai spus individului că mă ţineam după Valerica Scurtu!

– Calm, copii! Nu vă pierdeţi calmul...

– Ce calm, madam? N-auzi? Eram îndrăgostit lulea de insectă şi am omorât-o pentru că nu rimam în sentimente!

– Deci recunoşti.

– Derbedeule!

– Te sfătuiesc prieteneşte şi, reţine, o fac pentru a doua oară, să-ţi măsori cuvintele!

– Dragii mei...

– Îţi dai seama! exclamă bătrânul cu gura plină de salivă, ăla-mi azvârle acum o crimă în spinare!

– Cine? întrebă femeia distrată.

– Cine?! Maiorul!

Melania Lupu se uită la sculptor.

– A luat-o razna rău. Aşa se întâmplă de la o anumită vârstă... Habar n-am despre ce vorbeşte.

– Minţi! urlă Grigore Popa. Mi-a povestit totul.

Tânărul ridică din umeri.

– Delirezi, papa! Îţi garantez că am altele pe cap decât amorurile dumitale. Insecte sau patrupede! Îl privi lung. Ai şi tupeu! După ce i-ai cârtit două ceasuri despre Margot şi topor...

– Îl auzi? Recunoaşte că a ascultat la uşă.

– Totdeauna am fost sfătuit să urmez exemplul bătrânilor...

Melania Lupu îl scrută atent. Nările fine erau palide.

– Şi-apoi, reluă adresându-se lui Grigore Popa, ţineam mult să cunosc părerea dumitale despre doamna Melania.

– Despre mine?

– Foarte originală, tanti. Te asigur!

– Luaţi loc, domnule Matei, şopti bătrâna. Situaţia s-a agravat. Trebuie să discutăm...

– N-am nimic de discutat! Eu unul m-am săturat până în gât! Îşi reteză grumazul cu degetul: Sunt obosit, vreau să dorm!

Grigore Popa îşi măcina neputincios mânia, fălcile îi tremurau, abia reuşi să articuleze.

– Ce porcărie! Nici cel mai josnic calomniator n-ar fi insinuat...

– Vreau să dorm! urlă pe neaşteptate Matei. Gata! Recreaţie!!

– Nu! Ai să mă asculţi, băiete! Bătrânul îşi plimbă privirea de la unul la celălalt. Care din voi mi-a răscolit prin dulap?

– Vai, domnule Popa! Cum credeţi că...

– Dumnealui, tanti Melania, se referă la altceva. Îi lipsesc două pagini din agendă cu anumite însemnări edificatoare...

– Nemernicule!

– Chestiunea asta am aflat-o, fireşte, fără să vreau. Pereţii ăştia sunt al naibii de subţiri...

Bătrâna clipi nedumerită.

– Nu înțeleg. Despre ce însemnări e vorba?

– Te faci că nu știi?! Bătrânul o privea cu ură. Nici usturoi nici... Avea dreptate maiorul!

Melania Lupu zâmbi trist:

– Deci a reușit. Asta a urmărit și iată că a izbutit.

– L-a aiurit ca pe un sugaci, spuse Doru Matei improvizând așternutul în fotoliu. Uite cu cine m-am înhăitat!

– Domnii de la Miliție, constată liniștită Melania Lupu, încearcă să ne dezbine, au simțit că jucăm toți pe aceeași carte și ne ațâță unul împotriva celuilalt. Accentuă: Știu că suntem complici.

Grigore Popa îi măsură pe rând. Un zâmbet rău îi alunecă pe buze. Întrebă încet:

– Dar suntem?

11

UN AMĂNUNT FĂRĂ IMPORTANȚĂ

Continua să ningă. Maiorul inhală adânc aerul rece.

– Nu vrei să facem câțiva pași pe jos? Îmi place grozav prima zăpadă.

Azimioară zâmbi de circumstanță. Era aproape miezul nopții și – socoti rapid – se afla la cel puțin șapte–opt km de casă. În față se așternea Șoseaua Kiseleff. Rar, câte o mașină deschidea pârtii ude. Peste case coborâse un întuneric alb cu sclipiri de giuvaier.

– E ciudat, spuse Cristescu pe gânduri. Vârsta ne schimbă atât de mult, uneori uiți că ai fost copil, ai impresia că te-ai născut așa, bătrân, și totuși sunt unele fleacuri care-ți rămân adânc înrădăcinate. Clișee unde adultul dă mâna cu puștiul care trăgea la fit și tocea peste vară la teorema lui Pitagora. De când mă știu, prima ninsoare m-a scos din minți... Îmi venea să urlu de bucurie... Ca și mirosul ăla special din martie. Un miros de verde, de pământ...

– Ați trăit la țară?

– Nu, dragul meu, sunt bucureştean getbeget. Ascultă, eşti sigur că ai chef să mă însoţeşti? Dacă te grăbeşti, nu te sfii...

– Nevastă-mea, bâlbâi locotenentul. E cam bolnavă.

– De ce nu mi-ai spus? Ieşi la Statuia Aviatorilor. Poate ai şansa să dai peste un taxi...

Azimioară îşi îndreptă fularul. Schiţă o mişcare spre direcţia din care veniseră.

– I-am lăsat singuri... Oare e bine?

– Totdeauna sau, mă rog, aproape întotdeauna câştigă cel care sesizează intenţiile adversarului cu o fracţiune de secundă înaintea celuilalt. Au trecut câteva zile şi încă nu intuiesc mobilul. Pentru ce tot circul ăsta? Trebuie lăsaţi să acţioneze. N-o vor face niciodată cu un sergent la uşa lor. Hai, urează-mi drum bun şi du-te!

Cristescu coborî agale spre Piaţa Victoriei. În jurul lui, fulgii de zăpadă aşezau mozaicuri de-o clipă.

– Da, şopti maiorul cu un zâmbet pe care şi-l uitase: îmi place prima ninsoare.

O coti la stânga pe Clopotarii Vechi.

Călca plin de amintiri pe străzile Iaşiului. Absolvise aici, în anii tulburi din timpul războiului, câteva clase de liceu, urmând-o pe mătuşă-sa în cea de-a doua căsătorie. O căsătorie la fel de nefericită ca şi cea dintâi. Visase un trai tihnit, alături de un om cumpătat.

„Am obosit", spunea rudelor. „Vreau un prieten, pe cineva care să aibă grijă de mine."

Maiorul o asculta cu un nod în gât. Avea paisprezece ani pe atunci. O vârstă când nu te poţi împiedica să nu divinizezi un unchi îngrozitor de tânăr şi aviator pe deasupra, cu ochi strălucitori şi plin de fantezie, cu gusturi de băieţandru, un unchi în stare să cumpere un castel de zahăr şi ciocolată expus în vitrină la Riegler ori să-și taie limbile de la niște pantofi noi lucrați la Shull ca să-i facă praștie nepotului. Nevastă-sa limfatică, fără nerv și fără umor, se cutremura.

Cristescu urcă pe strada Karl Marx, identificând-o automat: „Fost Lascăr Catargiu..."

Locuiseră în apropiere, un apartament meschin, întunecos, cu o mobilă îngrozitoare tapițată în verde. Mătușă-sa încerca să pară fericită și plângea la ore fixe când se credea singură. Căutase un bărbat chibzuit, normal... Era într-adevăr „normal", obtuz, lipsit de sensibilitate.

Maiorul deschise agenda verificând adresa. Marin Vâlcu își petrecea concediul la soră-sa. Pe gard atârna, într-un singur cui, o tăbliță veche. Literele abia se mai deslușeau: „Nu intrați. Câine rău".

Maiorul înaintă pe aleea pietruită, trăgând cu coada ochiului la ferestre. Nu se mișca nicio perdea. Sună lung. Aproape simultan se auziră pași și o voce puternică de femeie.

– Imediat, Gheorghiță!

Apăru un chip oval, cu ochi negri, rotunzi. Putea să aibă cincizeci și cinci sau șaizeci de ani. Purta părul destul de lung și o cunună de bucle mici, sure, înghesuite la tâmple și deasupra frunții. În ciuda pieptănăturii, nu încerca deloc să pară mai tânără.

„Pur și simplu așa a apucat", gândi Cristescu. „Acum douăzeci și cinci de ani cred că nu-i stătea rău..."

Observase fenomenul chiar și la cele mai sobre femei. Păstrau în ținută, indiferent de modă, câte un amănunt din timpul tinereții. Același gen de pălărie sau aceeași coafură, un anumit ruj, anumite gulere.

– A, scuzați-mă! Credeam că a venit ziarul. Pe cine căutați?

– Pe domnul Marin Vâlcu...

– Poftiți înăuntru!

Spre surpriza maiorului, femeia nu-l legitimase, nu pusese niciun fel de întrebări. Îl lăsă să aștepte într-o sufragerie veche, plină de tablouri cu flori: lăcrămioare, miozotis, petunii, toate culorile de trandafiri pictate corect și în mod evident de aceeași mână. Pe bufet, strălucea stins, plin de praf, un Cupidon mare, din porțelan, călare pe un melc cu cochilia de aur.

Marin Vâlcu apăru în halat. Avea barba nerasă și o expresie arogantă a gurii. Ochii însă priveau blând, fără ostilitate, poate puțin surprinși.

– În ce chestiune...

Cristescu îi arătă legitimația. Celălalt se uită superficial și îi împinse un scaun. Se așeză și el trecându-și mâna peste obraz.

– Vă rog să mă scuzați. Nici nu m-am bărbierit. În concediu, nu fac altceva decât să dorm și să citesc. Râse. Abia m-a scos soră-mea din pat. Credeam că-i un truc.

– E totuși păcat că nu v-ați dus într-o stațiune. Cel puțin schimbați aerul...

Vâlcu se lăsă pe spate.

– Dacă eram în iulie, m-aș fi dus la mare. Dar așa... Îmi place să lenevesc și nicăieri nu reușesc mai bine ca la soră-mea. În casa asta m-am născut, mi-am petrecut copilăria și adolescența. De fapt, noi doi suntem foarte singuri. E unul dintre puținele prilejuri de a fi împreună. Da, sigur, puteți fuma... Se bătu cu palmele peste buzunare. O clipă! Mi-am uitat țigările dincolo.

Se întoarse cu un pachet de Mărășești.

– Nu mă pot dezobișnui. Le fumez din liceu. În sfârșit, vă ascult, domnule maior.

– Mda... Cristescu își umezi buzele. Presupun că n-ați aflat încă...

Vâlcu își încreți sprâncenele.

– S-a întâmplat ceva?

– Domnul Mihai Panaitescu a fost asasinat.

– Panaitescu?! Îl privea înspăimântat. Nu pot să cred... Dar cine? Cine a...

– Iar domnişoara Scurtu, continuă maiorul, a dispărut.

Celălalt înghiţi în sec.

– Cum să dispară? Cine să-l ucidă pe Panaitescu? Am impresia că visez! Căută ochii maiorului. Pentru numele lui Dumnezeu! Ce se întâmplă?

– Nu ştiu, însă ceva se întâmplă, iar vecinii dumneavoastră se dau peste cap să ascundă acest „ceva".

– Îi suspectaţi de crimă?

– Vă surprinde?

Vâlcu privi încurcat.

– Evident. Nu mi-i pot închipui pe Melania ori pe bătrânul Popa cu un cuţit în mână sau...

– Panaitescu a fost otrăvit. Dacă aţi avut în vedere considerentul de vârstă, mă rog, forţă fizică, obiecţia cade de la sine.

– Şi Valerica?

– Deocamdată nu ştim nimic.

– Fantastic! Am trăit trei ani alături de oamenii ăştia...

– N-aţi încercat niciodată să vă mutaţi?

– Nu. Îşi privi vârful pantofilor. Cum ies la pensie vin aici. Am să locuiesc împreună cu soră-mea. Nu mă interesează o casă în Bucureşti.

– Îi cunoaşteţi, deci, de trei ani?

– Da. Iertaţi-mă, nu vreţi să luaţi o picătură? Nu beau niciodată dimineaţa, dar vestea asta m-a dat pur şi simplu gata.

Deschise uşa şi strigă, undeva, pe coridor:

– Nana!

Se auziră paşi lipăind, apoi un schimb de şoapte.

Cristescu învârtea absent scrumiera. Era un suvenir din Olanda, o farfurioară de ceramică albă pe fundul căreia fuseseră pictate, cu albastru-cobalt, o moară și niște saboți.

Îi plăcea încăperea cu mobilele ei vechi. Emana o liniște specială, un fel de „am oprit ceasul pe loc". Te simțeai bine, cumva la adăpost, încercai sentimentul odihnitor că nu se poate întâmpla nimic extraordinar îndărătul obloanelor de lemn. Chiar moartea putea veni lin aici, cu pași de pisică, o moarte fără spasme, nu act necruțător, ci împlinire.

Își oprea ochii asupra unui obiect sau a altuia și își dădea seama că fiecare însemna mai mult *decât* o amintire: un individ, o generație, un *anno domini*... De pildă, panerașul de mărgele în care femeia își păstra probabil lucrul, tabachera de fildeș din vitrină, unde încăpeau cinci sau șase țigări, plosca din piele moale, fină, care amintea de chefuri haiducești izbucnite în răcoarea pădurii, un picnic din însoritul mai al lui 1905 sau 1906 cu rochii albe și pălării florentine...

Vâlcu se întoarse cu o sticlă și două pahare. Turnă lichidul gros, roșu.

– A trebuit s-o scot din damigeană. Aveți ocazia să gustați o vișinată unică. Specialitatea casei: cu scorțișoară și sâmburi de caise.

Bău dintr-o înghițitură, apoi puse paharul gol pe masă clătinând din cap.

– Ce nenorocire... Mâine abia se împlinesc patru zile de când ne-am despărțit. Erau sănătoși, teferi...

– Spuneți-mi, domnule Vâlcu, vedeți vreun motiv pentru care Panaitescu ori Valerica Scurtu – să acceptăm ipoteza cea mai tristă – au fost uciși?

Îl privea intens, fără să clipească. Bărbatul își deschise palmele.

– Știu eu... Două asasinate comise în aceeași locuință, într-un răstimp de câteva zile, firește, îți dau de gândit. Faptele sar în ochi. Și, oricât de naiv aș fi, îmi este imposibil să nu stabilesc o corelație, mai precis o legătură cauzală între ele. Nu pot să cred de exemplu că Valerica a fost omorâtă - dacă a fost omorâtă - dintr-o cauză, iar Panaitescu dintr-alta.

– Teoria vecinilor dumneavoastră este că Panaitescu s-a sinucis. Am găsit o scrisoare către nevastă-sa în care încearcă să-și justifice actul. În fine, mai există și alte „urme".

– Sinucis? Omul îl privea uluit: Ei uite, asta n-aș fi zis-o niciodată. Panaitescu! Ultimul individ... Un cap limpede, o minte independentă, o vitalitate ieșită din comun. Ca să fiu absolut sincer, îmi era cel mai drag dintre toți, deși nu mi-a dat niciodată prilejul să i-o arăt. Avea două pasiuni: matematicile și nevastă-sa. La asta se reducea tot mapamondul, restul nu exista sau nu conta.

– Așadar ipoteza sinuciderii cade.

– Pomeneați totuși de o scrisoare...

– Scrisoarea e trucată, domnule Vâlcu. O scrisoare perfectă. Poate prea perfectă...

– Adică să scornească ei o chestie atât de drăcească? Nu, hotărât nu pot să cred! Cine? Doru Matei?

– De ce nu?

– Pare șmecher, dar e mai mult derbedeu.

– Sau Grigore Popa de pildă.

– Exclus. Tipul e fricos. Poate să dorească moartea cuiva, dar stând în expectativă.

– Melania Lupu?

– Mă faceți să râd...

– De ce? Mi s-a părut o femeie deosebit de inventivă, mai inteligentă decât lasă să se vadă.

– Domnule maior! Vâlcu se oprise gesticulând tulburat: O cunosc bine. N-o să mă convingeți că, timp de trei ani, s-a prefăcut, a jucat teatru, a reușit să mă păcălească, a făcut pe idioata, şi asta fără niciun ţel concret! Şi nu numai pe mine, dar şi pe ceilalţi.

– Mă întreb în ce măsură v-aţi dat silinţa s-o cunoaşteţi.

– Indiferent! O naivă, din specia imaturilor. Nu ştiu ce naiba se întâmplă... Celulele nu evoluează, probabil. Orice gâscă de şaptesprezece ani e mai şmecheră decât Melania. Gândiţi-vă la preocupările ei! Femeie peste şaizeci de ani care-şi aşază ghetele la geam de Sf. Nicolae şi tot ea vâră înăuntru bomboane, mătase pentru brodat şi alte prostii...

– Hm, exact asta m-a pus pe gânduri, surâse Cristescu. Ceea ce dumneavoastră consideraţi imbecilitate sunt poate simple refulări, excrescenţe ale unei existenţe neînsemnate în contradicţie dramatică şi cu temperamentul, şi cu vocaţia Melaniei Lupu. Caută cu tot dinadinsul neobişnuitul, tânjeşte după ceva deosebit, îşi garniseşte viaţa, aşa cum aplici broderii pe o suprafaţă a cărei netezime te supără.

– Şi din plictiseală s-a apucat să dea cu barda în români... E ilar!

– N-am afirmat că ea a dat cu barda. Am dezvoltat o simplă presupunere. Melania Lupu nu este „imatura" pe care o credeţi dumneavoastră, dimpotrivă, sunt convins că e cea mai inteligentă dintre toţi.

Vâlcu se aşeză.

– Pot să vă dau o sugestie?

– Vă rog.

– Nu comiteţi greşeala să-l subestimaţi pe Grigore Popa. Într-o eventuală colaborare criminală... Am impresia că aicea bateţi, mă înşel?

– Nu.

– Aşadar, într-o eventuală colaborare el ar fi capul.

– Cu alte cuvinte, îl vedeţi în stare să ucidă. Adineauri...

– Concret n-ar putea s-o facă, domnule maior, asta am spus adineauri. Dar acceptând premisa dumneavoastră – două crime, trei suspecți – neapărat vecinii, și nu altcineva...

– Categoric!

– ...Deci, judecând în limitele acestor puncte cardinale, Grigore Popa se detașează, se impune ca autor moral în primul rând.

– Nu vă influențează cumva agenda lui?

– Fără îndoială și trebuie să recunoașteți că povestea dă de gândit. Are o fantezie sinistră. Este în stare să născocească răzbunări de-o meschinărie cutremurătoare și totodată eficace. La prima vedere îți vine să râzi... Odată, se supărase pe Valerica Scurtu. Nu-mi amintesc exact, o chestie la bucătărie parcă, în orice caz un scandal de proporții! Imaginați-vă, după povestea asta bătrânul a procurat niște ploșnițe vii și le-a introdus într-un plic. Noaptea l-a băgat pe sub ușa femeii. Vă dați seama ce infern... A trebuit să zugrăvim, un an ne-am luptat cu disperare. Se umpluse toată casa.

Cristescu râse.

– Ce-i drept, e o probă de fantezie. Imaginație însă are și sculptorul.

– A nu, făcu Vâlcu. Cu el se întâmplă altceva. Băiatul nu-i prea prost, desigur, dar orizontul lui e blocat de nuduri, dacă înțelegeți ce vreau să spun, orice altceva îl lasă absolut rece. Deși...

– Deși?

– Mi s-a întâmplat de multe ori să mă înșel...

– Domnule Vâlcu, spuse maiorul, nu știu deocamdată mare lucru, dar pentru mine un fapt e cert: cei trei colaborează, au un țel unic. Aș mai adăuga un amănunt semnificativ. Înainte de a „dispărea“, Valerica Scurtu avea același țel. Era alături de ei. N-am niciun argument material în sensul ăsta, dar sunt sigur că intuiția nu mă înșală. Se pune deci întrebarea: ce anume i-a făcut complici pe cei patru împotriva lui Panaitescu, apoi pe ceilalți trei împotriva Valericăi Scurtu?

– Ce?

– Asta aș vrea și eu să știu.

– Ciudată poveste. Șantaj?

– Adică?

– Panaitescu ducea o viață lejeră. Desigur, nu făcea achiziții, în schimb risipea o groază de bani prin restaurante.

– Vă întrebați cum îi procura?

– Caut o soluție.

– Cu alte cuvinte, Panaitescu descoperă fapte reprobabile în viața celor trei...

– Sau a unuia singur.

– Și-i stoarce adică banii...

– Vi se pare imposibil?

– Cum rămâne atunci cu Valerica Scurtu?

– Putea prelua șantajul. Clătină din cap. Nu, e prea complicat...

– Eu aș fi tentat să mă gândesc la un mobil material. Nu dintr-un simplu incident consumat la bucătărie ori în baie omoară oamenii cu cianură, inventează înscenări rafinate, ascund un cadavru, și-l ascund bine – stau zid cu buzele pecetluite. E altceva! O miză extrem de mare sau care, cel puțin în ochii lor, a căpătat proporții fantastice.

Vâlcu își turnă încă un păhărel de vișinată. Al maiorului rămăsese aproape neatins.

– Un mobil material, șopti contabilul, literalmente, nu văd. Panaiteștii sunt oameni modești. Câștigau destul de bine, dacă ne gândim la felul în care își petreceau nopțile, dar nu tezaurizau. Sunt convins că în viața lor n-au pus mâna pe un libret de economii. Și-apoi nu pricep cum ar fi preluat Valerica Scurtu singură acel bun material – să-i zicem ștafeta – de la Panaitescu, cum ar fi moștenit-o stârnindu-i astfel pe ceilalți. Își duse mâna la frunte. Nu, nu înțeleg nimic. O istorie halucinantă. Într-un fel, mă bucur că sunt în concediu.

– Cum vi s-au părut când ați plecat?

– Ca de obicei. Se spărsese o țeavă, erau destul de nervoși, dar în nota normală. Nu afișau niciun fel de dispoziții criminale...

– L-ați văzut și pe Panaitescu?

– Da, cred că da. Erau adunați cu toții în hol.

– Vă amintiți poate ora...

– Evident, mă grăbeam la aeroport. Am venit să-mi iau valiza, pe la șase și treizeci de minute dimineața...

– Un moment! N-ați dormit acasă?

– Nu. Înnoptasem la o prietenă. O legătură veche... I se păru că descifrează o ezitare pe chipul maiorului. Suntem oameni în vârstă, liberi, lucrurile nu pun în încurcătură pe nimeni. Vă pot da adresa.

– Nu e cazul, spuse moale Cristescu.

– De ce nu? Dat fiind împrejurările, orice investigații mi se par normale. Doina Popovici, Albinelor 15.

Maiorul făcu un gest cu mâna ca și cum chestiunea nu-l interesa.

– Deci la șase treizeci erau în hol...

– Exact. Am întârziat cam o oră. Un duș, cafeaua, în fine un minim de bagaje. La șapte și treizeci de minute am plecat.

– I-ați văzut din nou?

– Da. Rămăseseră în hol.

– Ce făceau?

– Dormeau.

– În hol?

– Probabil li s-a părut că acolo e mai cald. Când am venit acasă, am găsit înghețată apa dintr-un vas cu flori. Niște garoafe... Fusese un ger groaznic.

– Îmi amintesc. Totuși, mi se pare ciudat. Din cauza amplasării și a ferestrelor înalte, holul e cea mai friguroasă încăpere.

– Inexplicabil, într-adevăr...

– Sunteți sigur că nu vă înșelați? Scuzați-mă că insist, dar amănuntul este extrem de important pentru mine.

– Categoric, spuse hotărât Vâlcu. Mi-amintesc chiar că am pășit în vârful picioarelor ca să nu-i trezesc. Ezită: Nu știu, s-ar putea să mă înșel, dar la un moment dat am avut senzația că sforăitul lui Grigore Popa e simulat.

– Cum așa?

– Mi s-a părut că se preface.

– Interesant.

– Firește, n-am dat importanță faptului. În ultimă analiză, evita în felul acesta să-și ia rămas-bun. Privi câteva clipe figura lui Cristescu. Sunt oameni ciudați, domnule maior! Melania și Popa au mai multe curiozități decât ai fi în stare să descoperi într-un azil întreg. Valerica e fată bătrână, iar sculptorul se crede artist și-și permite toate năzdrăvăniile. După ce trăiești o lună în mijlocul lor, nu te mai surprinde nimic.

– Poate că aveți dreptate... În sfârșit, nu vă mai rețin.

– Dacă nu o considerați drept îndrăzneală, spuse Vâlcu ținându-i haina, comunicați-i vă rog doamnei Doina Popovici că mă întorc pe data de 14 ianuarie.

Cristescu zâmbi:

– Sunteți atât de sigur că o voi vizita?

– Aș fi gata să pariez pe ultimul leu.

Stăteau în hol, departe unul de celălalt, cu ochii pe fereastră.

„Se lasă seara“, gândi Melania Lupu trecându-şi degetele greblă prin blana pisicii.

„Nu-mi place întunericul“, gândi Doru Matei. „Îl detest. Chiar şi în amor... De ce să nu vezi?“

„Încă o noapte“, gândi Grigore Popa. „Noaptea te simţi mai singur. Când eram mic, dormeam cu un ursuleţ. Îl chema Martin şi-i lipsea un ochi...“

„Am să mănânc o cireaşă glasată“, gândi Melania Lupu. „Mai am câteva în scrin.“

„Aş avea chef să sparg ceva“, gândi Doru Matei. „Nu mai suport liniştea... O aud, mi s-a agăţat de timpane, mă doare!“

„Panaitescu şi Valerica“, gândi Grigore Popa. „Ce destin... Amândoi, acolo... Presimt...“

– Presimt că e zadarnic, spuse răguşit bătrânul.

– Ciudat! tresări sculptorul. Mă gândeam la acelaşi lucru.

– Prea târziu, şopti Melania Lupu. Niciodată nu te poţi întoarce.

12

CARE E TRUCUL?

Avea patruzeci și șase sau patruzeci și șapte de ani, iar primul lucru care te izbea era siguranța. Privind-o, simțeai că va găsi totdeauna, indiferent de situație, soluția corectă, accentul just, replica ideală. Se mișca superb, cu o grație naturală care nu se învață nicăieri și mai ales „da, reflectă maiorul, asta e, femeia sugera acut ideea de civilizat“. Rufăria i-o ghiceai impecabilă, baia, veritabilă drogherie, cu săpunuri fine și trei perii de dinți, nu ți-o puteai închipui cu combinezoane dubioase sau câte un ac de siguranță înlocuind nasturele ori cârligul acolo unde nu se vede.

Îi zâmbi lui Cristescu ca și când s-ar fi cunoscut de când lumea și nimic nu i-ar fi putut face mai multă plăcere decât prezența lui. Desigur, maiorul simți convenția, dar aceasta nu-l împiedică s-o privească la fel de încântat.

Se așezaseră în hol, Doina Popovici cu fața spre fereastră, neevitând să primească în plin obraz lumina. Avea un chip interesant, puțin prea cărnos, extrem de senzual.

Ochii enormi, verzi, aruncau lumini dulci, citeai în ei împăcare și o poftă de viață nealterată de vârstă.

„Nu-i e frică de bătrânețe“, conchise maiorul. Doina Popovici izbucni în râs. Gura cam mare era bine desenată, dinții superbi.

– Ce idee pe Vâlcu! A profitat neîngăduit de mult de amabilitatea dumneavoastră. Vine deci pe 14...

Se răsuci spre cutia de țigări, arătându-și talia bine conservată. Purta o rochie bleu, din flanel moale, cu un medalion greu de argint, ostentativ barbar. Trase adânc în piept fumul și spuse pe o voce joasă ușor neliniștită.

– Bănuiesc că s-a întâmplat ceva dezagreabil...

– Îi cunoașteți cumva pe vecinii domnului Vâlcu?

– Destul de vag. De ce mă întrebați?

– Profesorul Panaitescu s-a sinucis, iar Valerica Scurtu a dispărut.

Femeia făcu ochii mari.

– Panaitescu?! Nu se poate!

– Din nefericire, da...

– Fantastic! Când?

– Acum patru zile, preciză Cristescu.

– Îmi pare extrem de rău. Marin îmi vorbea mereu despre omul ăsta... Ținea la el. Înainte de plecare mi-a povestit ceva... Făcu un gest cu mâna. Ceva impresionant.

Cristescu își ridică privirea.

– Pur și simplu înduioșător, zâmbi Doina Popovici. O adora pe nevastă-sa. Un sentiment puțin obișnuit după atâția ani de conviețuire... Ați cunoscut-o?

– Nu.

– E o femeie ștearsă, măruntă, prost îmbrăcată, indiferent de ce pune pe ea. Și totuși, Panaitescu o adora. Ciudat, nu? Trebuie să ajungi la vârsta mea ca să poți înțelege lucrurile astea.

Maiorul zâmbi complexat.

– Vă răsfățați?

– Sunteți amabil...

– Vorbeați de un anumit gest...

– Da. Voia să-i pregătească o surpriză. Acum e la Praga, mi se pare, într-o excursie cu ONT-ul. Panaitescu și-a amintit că admirase recent la Consignația o cutie de argint, *une boîte à bijoux*. Ceva foarte pretențios, pretinde Marin, și ridicol de scump. Aproape patru mii de lei. Imaginați-vă, și-a vândut trei costume de haine și a achiziționat-o.

Îl privi lung, parcă surprinsă, așteptând reacția maiorului. Cristescu gesticulă vag.

– Interesant. Ați văzut sau vi s-a spus cum arată odaia soților Panaitescu?

– Știu la ce vă referiți și tocmai asta mi se pare, cum să vă spun, de-a dreptul patetic. În fond, s-a sacrificat pentru a-i satisface un capriciu. Un cadou absurd și, dacă te gândești la cutia aceea pretențioasă umplută cu fleacuri ieftine, mărgele de sticlă și strasuri, îți dau lacrimile.

– Când spuneți că s-a întâmplat?

Femeia ridică din umeri.

– Recent, în orice caz. Două-trei zile înainte de... Tresări. Dumnezeule! S-a gândit probabil să-i lase ceva... Un ultim gest.

– Aceasta ar fi o interpretare romantică, zâmbi maiorul. Domnul Vâlcu a văzut cutia?

– Da. Panaitescu l-a rugat să-l însoțească. Marin e un mare amator de obiecte de artă și-n același timp incapabil să refuze pe cineva. În ciuda mizeriilor inerente, își simpatiza vecinii. Le făcea chiar unele servicii gratuite... Își dădu o palmă ușoară peste frunte: Acum îmi amintesc exact! Marin a plecat pe 8 dimineața. Noaptea a dormit la mine. Atunci mi-a povestit. Nu vreți o cafea?

Cristescu refuză.

– Ce părere aveţi despre Valerica Scurtu?

– O nefericită. Celibat prelungit cu consecinţe dezastruoase.

– Ce vreţi să spuneţi?

– O obsedează o singură idee: să se mărite. Indiferent cu cine, indiferent de compromisul care ar intermedia actul. Se simte cumva în afara societăţii, înjosită. Îmi povestea Marin că, atunci când stă de vorbă cu o femeie căsătorită, instinctiv se întunecă la faţă, dar în acelaşi timp o lasă să treacă înainte. O consideră superioară. Începu să se joace cu ciucurii de la fotoliu. Nu m-ar surprinde să aflu că e undeva, la un bărbat.

– Nu numai vecinii, râse Cristescu, dar tot cartierul ar fi aflat-o până acum.

– Credeţi? La mentalitatea ei, n-o văd trâmbiţând o legătură neoficială.

– Cu câţiva ani în urmă, probabil n-o făcea, acum însă, orice aventură reprezintă o victorie, o demonstraţie de valenţe feminine.

– Poate... Doina Popovici rămase pe gânduri. E foarte trist. Într-un timp, Melania Lupu se zbătea s-o căsătorească...

– O femeie interesantă, constată Cristescu.

– Cine?

– Melania Lupu.

– Da, deşi are şi ea unele ciudăţenii.

– N-am să vă ascund, doamnă, că pun mare preţ pe impresiile dumneavoastră. Oricât aş încerca să fiu obiectiv, oricât de bine intenţionat aş fi cu unul sau cu altul, intervine deformaţia profesională. Cu alte cuvinte, sinuciderea o pun sub semnul întrebării.

– Glumiţi, domnule maior!

– Deloc. Mai mult, există o mulţime de indicii care pledează în favoarea crimei.

– Extraordinar!

– Așadar ochiul meu nu mai poate fi atât de limpede, dacă înțelegeți ce vreau să spun. În schimb, altă valoare capătă prima impresie despre niște oameni în contextul unei conviețuiri normale. În ce împrejurare i-ați cunoscut?

Femeia ridică din umeri.

– Zugrăvisem și am fost nevoită să dorm două nopți la Marin... Ciudățeniile Melaniei m-au izbit chiar de la început. M-am și speriat! Obișnuiește să-și vorbească singură, ca și cum s-ar adresa unui copil ori de câte ori nu e nimeni în preajmă: „E timpul să te culci, draga mea“, „Vai, Melania, ce distrată ești“ etc. Încolo, pare o femeie de treabă. Blândă, îndatoritoare.

– Pare, într-adevăr... Și domnul Matei?

– Sculptorul? O mică lichea. Nu s-a sfiit deloc să-mi facă curte, o curte grosolană, la cinci minute după sosire. Grigore Popa e un bătrân morocănos și ca toți bărbații care au depășit șaizeci de ani – sau aproape toți –, îngrozitor de nepoliticos cu femeile. În general, o faună stranie... Mă gândesc mereu: cum rezistă Marin?

– De ce... Cristescu ezită imperceptibil. De ce nu s-a mutat...

Doina Popovici râse amuzată.

– Aici vreți să spuneți? De fapt întrebarea sună altfel: De ce nu ne căsătorim? Copilării! Trăim de zece ani împreună și ne simțim admirabil.

– Cu atât mai mult...

– Eu am fost măritată. O experiență tristă, de mult, foarte de mult... M-am obișnuit să trăiesc singură, ca și Marin. Când ne-am cunoscut, niciunul dintre noi nu mai era prea tânăr, nu se mai punea problema copiilor... Și-atunci, de ce?

Maiorul zâmbi stânjenit:

– Oamenii găsesc o mie de motive – în afară de copii – pentru care să se căsătorească.

– O mie de motive care se reduc de fapt la două: fie un sentiment irezistibil, fie interese, să zicem, majore. Marile pasiuni izbucnesc până la o anumită vârstă și, în orice caz, nu cunosc pe cineva care să se fi sinucis pentru o femeie de patruzeci de ani. Iar interese?! Doina Popovici ridică din umeri. Câștig suficient, iar poziția socială a lui Marin nu m-a tentat în mod deosebit.

– Și domnul Vâlcu?

– E un om care-și ajunge singur... Pe primul plan se află concertele, expozițiile, muzeele, albumele de artă și abia după aceea o femeie, să zicem eu. Cred că, dacă i-aș fi fost nevastă, problema m-ar fi deranjat. În situația mea, o ignor. Când are chef să petreacă o seară în compania lui Giotto sau, mă rog, Donatello, eu mă duc la cinema ori joc rummy cu câțiva prieteni. Suntem foarte mult împreună sau foarte puțin. Depinde din ce unghi privești lucrurile. Chiar și acum... Preferă să petreacă Revelionul cu soră-sa. Mi-a comunicat și meniul: curcan cu portocale. În același timp, nu s-a sfiit să-mi ceară o grămadă de servicii. Câteva telefoane la serviciu, un costum de scos de la croitor, de achitat abonamentul la *Paris Match*. De altfel...

Maiorul o urmărea cu buzele strânse. Doina Popovici își trecu degetele prin părul cărunt. Figura plină se întunecă de parcă și-ar fi adus aminte dintr-odată de ceva neplăcut.

– De altfel?

– Nimic...

– Ce înseamnă „nimic“?

Femeia aprinse încă o țigară. Părea nervoasă, neliniștită. Cristescu o examină contrariat: „O indispoziție bruscă și inexplicabilă. Ca și cum ar fi primit un semnal, ceva recepţionat numai de ea, care o avertizează că s-a întâmplat sau e pe cale să se întâmple un lucru îngrozitor..."

Întrebă încet:

– E mai bine să plec?

Doina Popovici îi mulţumi cu un surâs. Avea ochii plini de lacrimi.

Melania Lupu ronţăia un biscuit. Suspină uşor.

„Aş mânca un marţipan. Un marţipan roz, cu miez de fistic."

Doru Matei privea scrumiera plină de mucuri.

– Plecaţi în oraş, domnule Matei? se interesă bătrâna.

– Ce-ţi veni?

– Observ că v-aţi schimbat.

– Ei, bravo! N-am de gând să rămân toată viaţa în pijama.

Sculptorul îmbrăcase un costum *sel et poivre,* la care asortase o cravată îndrăzneaţă, albastru cu verde.

– Hm, aşa s-a gândit probabil şi Panaitescu...

– Puşchea pe limbă, cobea dracului! făcu speriat Matei, bătând în lemn: Sunteţi tâmpiţi! Şi vă miraţi de ce ne suspectează maiorul. Staţi ca huhurezii, încotoşmănaţi, casa crapă de ger şi nimeni nu face o singură mişcare!

– Cam ce mişcare ai dori să facem, tinere? întrebă Grigore Popa.

– Să chemăm un instalator, să mai dereticăm prin casă ori naiba ştie...

– Vai, domnule Matei, interveni Melania Lupu, dar aţi fost şi dumneavoastră de acord că, aducând un specialist, trebuie să mutăm dulapul din loc?

– Ei şi?

– Dulapul e foarte şubred, are încheieturile slăbite, se poate nărui la prima mişcare.

– De asta nu mai pot eu! Mutăm tablourile în altă parte.

– Unde? întrebă repede Grigore Popa.

– Oriunde, n-are importanță.

– La dumneata în odaie, de pildă?

– De ce nu? Tot stați de caraul... Și-apoi, nu uitați că trebuie să sosească amicul din Amsterdam, oricum umblăm la ele.

Pe buzele Melaniei Lupu apăru un surâs palid. Părea să încerce o mare dezamăgire. Grigore Popa nu-l slăbea pe sculptor din privire.

– Le-ai găsit și un loc anume, bănuiesc...

– Nu, dar putem găsi printre materialele mele, sub parchet...

– Sau în sacul de voiaj...

Matei ridică brusc capul.

– Ce vrei să insinuezi?

– Ticălosul ăsta, spuse Grigore Popa adresându-se bătrânei, intenționează să ne tragă clapa. Și-a făcut bagajul...

– E beat! Nu-și dă seama ce spune!

– Zău? Vrei să ne arăți și nouă sacul?

Sculptorul ridică din umeri fără convingere. Argumentele erau palide, încâlcite.

– Spune-mi, Melania, mă vezi în stare de o asemenea ticăloșie?

Bătrâna nu-i răspunse. Continua să zâmbească trist.

– Și în definitiv, se ridică Matei, admițând că vreau să plec, trebuie să mă justific? Cui? Ție?! Mă faci să râd, papa!

Râse fals, nervos. Grigore Popa dădu din mână.

– Din partea mea, du-te învârtindu-te! Tablourile însă nu se mișcă din dulap!

– Ce vorbești, mon cher? Și dacă eu – să zicem – aș fi de altă părere?

– Încearcă!

Amenințarea din glas era evidentă. Melania Lupu continua să rămână în expectativă, plimbându-și privirea și surâsul de la unul la celălalt.

– Mă întreb cum ai să mă oprești...

– Încearcă și ai să vezi!

Din ochii bătrânului țâșneau fulgere. Sculptorul rămase descumpănit. Aprinse o țigară mai mult ca să câștige timp.

– Mi-ai pregătit și mie o surpriză? Ceva în genul celor gustate de Panaitescu și Valerica înainte de a-și da duhul?

Grigore Popa clătină din cap edificat.

– Ești prost, băiete

– Altceva mai știi?

– Și ticălos pe deasupra. Iar ticăloșia și prostia nasc monștri.

Sculptorul își pocni palmele cu o expresie de nețărmurită surpriză.

– Uite cine vorbește! Ei nu, că e formidabil! Să-ți spun eu, coană Melania, ce-a fost în stare boșorogul ăsta să facă în timpul războiului? Se întoarse spre bătrân: Sunt tâmpit, ai?

– Iremediabil!

– În regulă! Nu însă și lipsit de memorie. Ca să țin minte un lucru nu-i nevoie să-l notez în agendă... Se așeză confortabil, picior peste picior. Și-acum să-i dăm drumul la magnetofon! E o istorioară cu tâlc și bineînțeles cu morală. Anul 1943, iarna. Reține te rog, tanti, era tot cam prin decembrie. Se pare că pe frumosul ăsta îl apucă damblaua în luna cadourilor... Așadar, ne aflăm în anul 1943. Maiorul Grigore Popa întreține relații cât se poate de apropiate cu doamna Lola, soția căpitanului Preda.

– Încetează!

– Un moment, drăguță, încă n-am terminat. Bun! Numai că tânăra Lola, nemulțumită de oficiile celor doi bărbați, insatisfacție absolut firească dacă ne gândim la potențialul masculin al ipochimenului...

Melania Lupu își coborî sfioasă privirea.

– Domnule Matei, vă rog, n-are rost...

– De acord. Să trecem peste amănunte. Deci juna Lola găsește de cuviință să-și împartă patul conjugal cu al treilea individ, un locotenent de cavalerie.

Bătrânul fierbea gata să izbucnească. Melania Lupu, intuind deznodământul, încercă să depășească momentul.

– Sunt chestiuni care, credeți-mă, nu mă interesează. Nu interesează pe nimeni...

– Te înșeli, tanti! E o poveste plină de semnificație. Constatând infidelitatea doamnei, Grigore Popa găsește de cuviință să o sancționeze.

– Ce prostie! îngână nesigur bătrânul. În viața mea n-am auzit ceva mai caraghios.

Dar dincolo de cuvinte se simțea altceva. Altceva se citea și pe figură.

– Două zile mai târziu, continuă Matei, căpitanul Preda își găsește soția otrăvită. Cu cianură!

– Ce?! exclamă fără să vrea Melania Lupu.

– Au urmat, firește, cercetările de rigoare, Miliția și-a spart capul luni de-a rândul, incapabilă să înțeleagă cum s-a comis crima. Își calculă pauza. La autopsie s-a constatat că victima nu consumase absolut nimic cu paisprezece ore înainte de a muri.

Se uită triumfător la bătrân. Melania Lupu întrebă încet:

– Și?

– În lipsa probelor, dosarul s-a clasat. Oftă. Mă întreb dacă maiorul Cristescu va repeta figura.

Se așternu liniștea. Melania Lupu netezea fața de masă privind în gol. Sculptorul îi surâdea fermecător bătrânului. Chipul lui Grigore Popa împietrise. Rosti printre dinți:

– Canalie!

– Tot eu, firește! Spune-mi, papa, cum naiba ai procedat? E un truc...

– De unde ai aflat povestea?

– N-are importanță!

– Pentru mine, da.

– În orice caz, nu din carnetul dumitale. Uite, vezi, eu nu spun că ești prost, dimpotrivă! Mai mult, îți dau cuvântul meu de onoare că tot în sensul ăsta te-am descris maiorului. Deștept, cărpănos și pestriț la mațe! E de la sine înțeles că o asemenea poveste n-ai fi așternut-o pe hârtie.

– De unde ai aflat?

– Mă privește. Dacă-mi vinzi trucul cu cianura, îți spun.

Grigore Popa îi întoarse ostentativ spatele.

– Mi-e greață! Ascultă, Melania, n-am intenția să mă justific...

– Nici nu e cazul. Sunt chestiuni care vă privesc personal.

– Totuși, țin să precizez un lucru. Atunci când... mă rog, s-a întâmplat ce s-a întâmplat, n-am ieșit din casă. Am martori... O gripă rebelă.

– Asta să i-o spui lu' mutu'! interveni Doru Matei.

– Soțul ei tocmai mă vizitase...

– Și i-ai zis pe nerăsuflate: „Căpitane, nevastă-ta *ne* înșală!“ Așa-i?

– Cu dumneata nu discut!

Sculptorul se ridică.

– Foarte bine. Țin să vă anunț că după o matură chibzuință am ajuns la concluzia că drumurile noastre trebuie să se despartă.

– Du-te dracului!

– Domnu' Popa, vă rog...

– Nu pune la inimă, tanti Melania, flăcăul e cazon rău! Cum vă spuneam, intenționez să plec, întrucât n-am de gând să împărtășesc soarta celor doi. În concluzie: propun să împărțim bucatele. Nu te holba, papa, ai înțeles foarte bine. E vorba despre cele două pânze, firește. Un simplu exercițiu de aritmetică: Două paie la trei măgari...

– Nu-i chiar atât de simplu, domnule Matei, observă bătrâna. Părerea mea...

– Lasă tanti, i-o comunici frumosului mai târziu când veți rămâne în tête-à-tête. Un licăr malițios i se aprinse în priviri. Apropo, știți că ați putea face o pereche cum nu se poate mai potrivită? Doamna cu idei și omul cu carnetul! De ce nu vă însurați, copii? Sau preferați concubinajul?

Bătrânii îl priveau fără glas. Doru Matei se strâmbă:

– În sfârșit, treaba voastră! Să revenim la tablouri. Ca om de artă, artiștii au fost întotdeauna apreciați, socotesc că mi se cuvine caimacul: dama cu evantaiul. Ar fi o crimă să pângărească domnul Popa cu ochii lui murdari surâsul cucoanei. Știți cum aș boteza eu tot balamucul ăsta? Cianură pentru un surâs... S-a consumat o cantitate bunișoară. Domniilor voastre vă ajunge *Vânătorul*. Se adresă bătrânului: Poartă semnătura lui Rembrandt, papa, pictor olandez cu mare trecere... Îți spun toate astea pentru că, sunt convins, cunoștințele dumitale în materie...

– Termină, domnule, odată! izbucni Grigore Popa pe neașteptate. Ești dement?

– Cât se poate de realist, papa. Și cu asta să trecem la fapte!

– Mă așteptam, spuse moale bătrâna, să ne întrebați dacă suntem și noi de acord...

– Fleacuri! Pentru cât v-a mai rămas de trăit, vă ajunge gagiul cu pană la pălărie. Logic și generos, nu?

– Să nu te atingi de dulap, spuse printre dinți Grigore Popa.

– Vorbești serios?

Atinse stema heraldică. Din câțiva pași, bătrânul fu lângă el. În mână ținea un satâr de bucătărie.

– Îți crăp capul!

– Vă deranjez?

Se întoarseră brusc. Maiorul Cristescu surâdea în prag.

13

SOLUȚIA DE 18 CARATE

Melania Lupu ronțăia un biscuit. Suspină ușor: „Astăzi cred că nu mai vine."

Doru Matei privea scrumiera plină de mucuri. „Ciudat! Mi-e frică. N-am simțit niciodată ceva asemănător. Știu că e cineva în spate. Mă întorc și nu văd pe nimeni."

Grigore Popa asculta pendula.

„Tic-tac... Da, voi pleca la Londra. Am să mă stabilesc acolo. Tic-tac... O locuință decentă, un club bun... O menajeră... Poate o văduvă, în fine, cineva distins... Tic..."

Telefonul începu să sune.

– Cine era?

– Maiorul.

– Iar?

Doru Matei rânji.

– Își bate joc de noi! Știe precis că Valerica a mierlit-o și totuși se interesează dacă nu s-a întors.

– *Nu știe*, accentuă Melania Lupu liniștită, și acesta e un punct câștigat. Trebuie să fim doar atenți, să nu ne pierdem cumpătul.

Grigore Popa își înghiți saliva.

– Nu-mi place maiorul! Scotocește, mereu scotocește... Nu înțelegeți? E un război al nervilor.

Tremura sub pledul gros din care îi ieșea doar capul. Din cauza obrazului neras, părea bolnav.

Sculptorul se uită la ei și începu să râdă. Un chicotit nervos la început, apoi hohote isterice care-i alterau trăsăturile.

– Domnule Matei, șopti bătrâna înspăimântată, domnule Matei!

Tânărul părea incapabil să se stăpânească.

– E caraghios! articulă printre sughițuri. Mă uit la voi și nu-mi vine să cred. N-aveți mutre, asta e!

– Ce mutre?

Matei se înecă.

– De criminali, vezi bine!

– În sfârșit, oftă bătrânul. Până acum eu eram capul răutăților.

– Mutra nu te absolvă, papa, doar în filme ucigașii au figuri de-ți vine s-o rupi la fugă.

Melania Lupu surâse tremurat:

– Încercați să vă gândiți la altceva.

– De pildă la Valerica, nu? Sculptorul urla de râs. Nefericita și-a atins scopul! Are în sfârșit un bărbat...

– Ești cel mai dezgustător individ pe care l-am cunoscut vreodată!

– Serios? Ia mai consultă-ți nițel carnețelul. Spune-mi, bătrâne, îți notai și ședințele de dragoste?

– Sictir!

– De ce trebuie să spuneți astfel de lucruri? Bătrâna clătină din cap. Nu fac bine nimănui... Mâine, adăugă tonică, vine domnul Van der Hoph. Totul se va aranja...

– Totul se va aranja... mormăi Grigore Popa. Când aștepți mai mult, nu se aranjează. Nu știu de ce... Am o presimțire...

Melania Lupu exclamă cu mâinile împreunate:

– Oh, vă rog, domnule Popa! Să vorbim despre altceva. Sau... Se agăță de idee: Uite, să jucăm tabinet!

– De ce nu „Lapte gros“? E un joc de societate...

– Cretin!

– Totul e să treacă noaptea. Ziua e altfel. Depinde numai de noi...

– De unul din noi! Dacă e cuminte...

Grigore Popa dădu din mână iritat:

– Lasă-mă să vorbesc!

Sculptorul îi privea fix. Se calmase, dar umerii încă îi tremurau.

– Ce presimțire mai ai?

– Hm, poate că nu-i presimțire. Ceva ciudat, oricum...

Melania Lupu strânse din pleoape și-și duse ostentativ mâinile mici la urechi. Grigore Popa continuă netulburat, cu ochii înfipți în dușumea.

– Al dracului de ciudat! Tot timpul aud niște pași. Uite, chiar și acum... Se plimbă în sus și în jos. Iar în sus și iar în jos. S-a întâmplat și altă dată... Cu ani în urmă. Mă trezeam noaptea din cauza lor. Aprindeam lumina și... nimic.

Sculptorul îl privi tulburat:

„Într-adevăr ciudat! Eu simt pe cineva... O prezență constantă. El îl aude... Înnebunim!“

– M-am întrebat totdeauna, vorbi răgușit bătrânul, mă întreb și astăzi. Cine... Cine poate fi?

Melania Lupu, lăsând mâinile să-i alunece pe lângă obraji, spuse încet:

– Pentru numele lui Dumnezeu, vă rog...

– N-am vorbit nimănui despre unchiul Alecu. Grigore Popa deschise palmele clătinând din cap. Cui să-i vorbesc? Sunt dintre ăia care rămân totdeauna singuri, indiferent unde s-ar afla. Într-o clasă, într-o sală de spectacol, între o mie sau un milion de indivizi. Unchiul Alecu nu... El nu era așa. Ani întregi, când mă gândeam la el, simțeam în nări aromă de cozonac. Surâse aducerii aminte. Venea totdeauna de sărbători încărcat de pachete... Mirosea a tren, a piele, a tutun fin, a hotel. Bazarurile din Madrid, Calcutta, Istanbul erau universul lui. Nu-l interesau muzee, nici edificii de renume, nici ruine sacre, n-avea o singură fotografie făcută la Louvre, cățărat pe Sfinx sau pe nu știu ce statuie... Merita, în schimb, să-l asculți vorbind despre lumea colorată a negustorilor de susan și fructe exotice, a giuvaiergiilor vicleni și a...

Începu să tușească.

Melania Lupu zâmbi cu ochii larg deschiși.

– Totdeauna am visat să călătoresc. Poate acum...

– O lume colorată și nebună. Reușea să te facă s-o vezi prin ochii lui. Da, da... Vedeai cu adevărat giuvaierurile acelea grele, cu pietre mari albastre, roșii și verzi, pipăiai șaluri în care ardeau flăcările curcubeului, încercai dinții pieptenilor înalți, scobiți în fildeș și tăișul lamelor flexibile, de Toledo. Darurile lui! Pun rămășag că n-ați văzut în viața voastră așa ceva! Zei mici de os, la care nu se închina nimeni, amfore ciudate de aramă, cutiuțe căptușite cu oglinzi, fructe de cactus, ploști de piele din care lichidul gâlgâia cald, trezit, ca apa din pântecele dromaderilor...

Bătrânul oftă frecându-și ochii:

– Sosea cam pe vremea asta... Spre Crăciun. Şi, dintr-odată, n-a mai venit! L-am aşteptat zadarnic. În anul acela, cozonacii îşi pierduseră aroma. Pe urmă, am primit o scrisoare. Un hotelier din San-Sebastiano ne comunica moartea lui...

Lăsă capul în piept şi tăcu.

Matei îşi trecu limba peste buzele uscate:

– Ce-ai vrut să spui?

Bătrânul chicoti lugubru:

– În anul acela, l-am aşteptat mai mult ca oricând pe unchiul Alecu. Cred că niciodată nu l-am aşteptat atât de nerăbdător, de pătimaş, aş zice. Mama ne părăsise... De-atunci m-am obişnuit să nu mi se împlinească o dorinţă mare, foarte mare. Mi-a fost chiar teamă să mai doresc...

Matei îl privi impresionat.

– Eşti un om straniu.

– Copilării, rosti tonică Melania Lupu. Domnul Van der Hoph va sosi mâine, sunt încredinţată.

Matei scutură violent din cap.

– Lasă asta... Cu paşii aceia... Zici că-i auzi. Crezi că...

– Hm, bătrânul se ghemui şi mai mult în fotoliu. Cine ar putea şti?! Cine ar putea răspunde?

Melania Lupu izbi puternic palmele.

– Dumnezeule! Doar nu credeţi în spirite!

– Nu, şi totuşi paşii îi aud! Apăsaţi, siguri... Exact cum călca el. Nu reuşeam să-mi amintesc...

– E lemnul vechi, domnule Popa, mobila, parchetul...

Bătrânul ridică privirea. Faţa avea o expresie încordată.

– Ascultaţi! Îi aud! Au ajuns la capătul holului...

Matei îşi înfipse unghiile în carne.

„Bătrânul are halucinaţii“, gândi sculptorul. „Nu se auzea nimic. De-aş avea o sticlă cu whisky!“

„Trebuie să-mi imaginez ceva care-mi face plăcere", gândi Melania Lupu, scotocind în fundul pungii după o fondantă. „Am să-mi schimb toată garderoba. Lucruri sobre, distinse, nu prea multe. Vizavi de Leonida se lucrează admirabil... Am să plec întâi la Nisa și-o să-mi închipui tot timpul că sunt tânără. Extrem de tânără... Nu vreau să mi se pară că e prea târziu... Nu, draga mea, n-am să-ți îngădui să nu te bucuri din adâncul inimii."

„Londra", gândi Grigore Popa. „Lui Alecu nu-i plăcuse orașul. Prefera peisagii luminoase, cu soare mult... Bond Street, Picadilly Circus, Hyde Park... Păcat că bucătăria nu e grozavă. Budinci, ovăz fiert, plăcintele lor cu carne. Poate chiar mâine o să am banii... Adică un cec. Am să-mi cumpăr o meda..."

Gândul rămase suspendat. Simți o durere sfredelitoare în tot trupul și deschise gura sufocat. Țâșni cu un urlet din fotoliu, apoi se prăbuși.

– A murit! spuse îngrozită Melania Lupu.

Doru Matei înghiți în sec:

– Cianură.

Întins pe divan, maiorul Cristescu privea perdeaua încărcată cu maci și albăstrele. Dincolo de tulul subțire, un felinar ridica o lumină gălbuie, ca de vată.

Maiorul reglă sonorul aparatului de radio. Vocea crainicei se auzea în surdină: „A fost ora unu! Stimați ascultători, vă invităm la dans".

Zâmbi: „Oare câți dansează într-adevăr acum?"

Apoi gândul se întoarse la oamenii aceia ciudați: Popa, Melania Lupu, tânărul. „De ce?" se întrebă din nou. Un „de ce" care-i strângea pe toți, le închidea gurile, ridica un zid. Din echipă făcuse parte și Valerica Scurtu. Acum fusese exclusă. De ce? Nu se îndoia că femeia murise. Găsiseră probabil un truc pentru a-i ascunde cadavrul. Treburile astea nu sunt niciodată simple... Încercă un bilanţ şi surâse amar. Concluziile erau puţine şi vagi. Cea mai fermă rămânea complicitatea celor trei.

„Complicitate, evident, dar există o singură minte. O minte inventivă, remarcabilă."

Imaginea Melaniei Lupu – blândă, fragilă, politicoasă – se suprapuse gândului.

„Vreau să plec din viaţa ta, în tine nu pot să mai cre..."

Cristescu închise aparatul de radio şi trase plapuma până la bărbie. Pe stradă trecea o maşină întârziată. Lumina farurilor tremură o clipă pe faldurile perdelelor. Un mac roşu se aprinse scurt, desenând o pată de sânge.

Sculptorul îşi ridică faţa slăbită:

– N-a înghiţit nimic. Cum vine asta?

– Nici ceilalţi n-au înghiţit nimic, domnule Matei. Bătrânica îşi strecură mâinile îngheţate sub reverele capotului. Şopti: Numai de nu mi-aş pierde capul...

– Cum vine asta? repetă buimac tânărul.

– Vom înţelege totul la timpul cuvenit. Sunt sigură. Acum trebuie să ne gândim la altceva.

Sculptorul o măsură un timp:

– Altceva? Ce altceva?!

– S-ar putea ca mâine dimineaţă să ne viziteze din nou domnii de la Miliţie. Tot mâine soseşte şi domnul Van der Hoph. Suntem datori să rezolvăm în noaptea aceasta...

– Ce să rezolvăm?

– Oh, domnule Matei! Nu complicaţi situaţia mai mult decât e necesar. Trebuie să-l ascundem pe domnul Popa.

În ochii tânărului se aprinse o flacără sălbatică. O apucă de umeri şi începu s-o zgâlţâie.

– Tu i-ai ucis pe toţi!

– Nu vă daţi seama ce vorbiţi!

– Crezi? L-am suspectat degeaba pe bătrân. Care-i șmecheria?

Melania Lupu își strânse ofensată buzele. Se desprinse moale:

– Știu că treceți prin momente grele, domnule Matei, dar nu uitați că nici eu nu sunt scutită de ele.

– Tu i-ai omorât! Cum dracu' n-am înțeles mai de mult?!

– Vă comportați nechibzuit. Băgați de seamă că eu nu vă acuz pe dumneavoastră.

– Firește! *Știi* că eu n-am ucis.

– Nu știu nimic.

– Așa dintr-odată? Până acum m-ai înnebunit cu ideile!

– Exagerați, domnule Matei.

Sculptorul o măsură gâfâind. Mâna în care ținea țigara îi tremura.

– În regulă! Eu n-am ucis, dumneata n-ai ucis! Atunci cine dracu' a făcut-o? Explică-mi!

Bătrâna își masa tâmplele. Nu răspunse.

– Explică-mi! urlă Matei.

– Nu trebuie să strigați.

– Mai există cineva în casă? Ăla auzea pași, eu îi simt răsuflarea.

– Sunteți obosit. Dacă ați încerca să vă calmați...

– Cum dracu' ai reușit să ne aiurești? Sau o mai fi într-adevăr cineva... Simt o respirație ciudată...

– Copilării! Suntem singuri. Tot atât de singuri pe cât pot fi doi oameni.

Sculptorul se aruncă într-un fotoliu. Dinții îi clănțăneau:

– Valerica avea dreptate. Trebuie anunțată Miliția. Cu ce mă încălzesc banii dacă crăp sau o să înnebunesc?

– Vom fi și mai prudenți, domnule Matei.

– Prudenţi! Stau nemâncat de trei zile, abia îndrăznesc să aprind o ţigară, mi-e frică să adorm! Popa îşi economisea până şi respiraţia!

– Asta nu înseamnă nimic. Aţi fost după el în baie ori în bucătărie? Aţi văzut tot ce a făcut? Uite, am o idee!

– Iar ai idei?!

– Sunteţi convins că nu s-a presărat otravă pe peria de dinţi?

– Tâmpenii! Cretinul n-a murit în baie.

– Sigur că nu. A fost un simplu exemplu. Vreau să spun că domnul Popa se păzea, dar, trebuie s-o recunosc, nu era suficient de intuitiv.

Sculptorul rânji:

– Dumneata eşti, în schimb, pentru toţi. Şi mai bag de seamă că eşti al naibii de curajoasă. Te îndopi fără grijă.

– Chiar n-aţi observat? Părea sincer uimită. Arătă motanul: Încerc totul pe Mirciulică. Numai după aceea mănânc. Dacă vreţi, pot să vi-l împrumut.

– Ce să-mi împrumuţi?

– Motanul.

– Ca să-mi probeze romul?

– De ce nu? Mirciulică ştie să bea. Totdeauna am fost de principiul că un strop de alcool n-are cum să-i strice şi l-am învăţat.

Sculptorul ridică ochii în tavan.

– Ce oameni, domnule! Ăla, complet sonat, aude paşi, asta... Gata! Eu unul m-am săturat! Las dracului totul şi plec!

Dar ştiu în aceeaşi clipă că nu va abandona. Glasul învăluitor al Melaniei Lupu însăila o melodie dulce.

– ...un studio elegant... cele mai scumpe modele din Paris... o galerie personală. În Haiti, ca Gauguin... studii la Roma... femei încântătoare... Gândiţi-vă, domnule Matei, gândiţi-vă bine!

Matei scrâşni din dinţi.

„Mă ard, dar trebuie să încerc! E o şansă pe lângă care nu voi mai trece niciodată. Dacă o ratez, am să-mi dau cu pumnii în cap toată viaţa. Fie ce-o fi!“

Se uită la bătrână.

– OK! Unde-l ascundem pe Popa?

Melania Lupu îşi coborî pleoapele şi zâmbi.

Sculptorul ridica degetele.

– Pe Panaitescu l-am „sinucis“, pe Valerica am îngropat-o... Se opri cu mijlociul în aer: Şi-acum ce facem? Cum scăpăm de ăl bătrân?

– Aveţi vreo idee?

– Nu-mi cere şi idei! E prea mult. Tot dumicatul ăsta a fost cam mare pentru mine.

– Încercaţi totuşi să vă gândiţi. Artiştii au fantezie. Râse ştrengăreşte: Mi-amintesc de o prietenă, actriţă. De Sfântul Gheorghe, patronul soţului... Zâmbi: Sunteţi prea tânăr, n-aţi prins vremurile acelea... Oamenii erau grozavi de scrupuloşi în materie de convenienţe. Dacă ar fi ţinut seama de obligaţii, trebuiau să invite vreo treizeci de persoane şi n-aveau un ban. Hohote de râs îi scuturau trupul plăpând. Îşi şterse lacrimile. Ştiţi ce a făcut? A împrăştiat peste tot zvonul că se desparte de bărbatu-său. Lumea a compătimit-o. Fiecare a consolat-o cum a putut. După aceea, au felicitat-o pentru că se împăcaseră...

– O istorie tâmpită, bombăni Matei. Ştiu un singur lucru! În casă nu-l putem ascunde. Îl descoperă cât ai clipi.

– De ce în casă?

– Hm... n-ai decât să dai perdeaua la o parte ca să vezi caraliii. Suntem filaţi zi şi noapte.

– Ştiu, domnule Matei. Unul dintre ei avea treabă azi cu un cauciuc. Îi rămăsese maşina în pană chiar vizavi de noi... Patru ore a durat reparaţia.

Băgă încă o fondantă în gură, uitându-se la sculptor cu un aer vinovat. Dădea impresia că mănâncă pe furiş. Exclamă cu gura încleiată:

– Domnule Matei!

Tânărul tresări, apoi un rictus lung îi despică buzele.

– Al dracului de repede îţi vin ideile! Eşti sigură că nu te-au fulgerat mai de mult?

– Domnule Matei! repetă fericită. Ce-ai zice... de o statuie?

– O statuie?!?

– Sunteţi sculptor, aveţi totul la îndemână.

– Nu înţeleg... îngână buimac tânărul.

– Cea mai bună ascunzătoare pentru domnul Popa, gâfâi Melania Lupu.

– Spune naibii odată!

– Îl turnăm în ghips.

14

INOCENȚĂ

Locotenentul Azimioară îl aștepta în birou. Maiorul își scoase paltonul, apoi se așeză în fața mesei. Avea figura odihnită și arăta ca totdeauna elegant, fără să fie.

– Ceva nou?

Azimioară înclină capul.

– Au sosit relațiile de la Consiliul Popular. Până la război, casa a aparținut soților Cruceanu. În '41 a devenit reședința personală a șefului comandamentului german, Werther von R. Ne-au trimis și un inventar. Când s-au mutat primii locatari, au primit ca „zestre" o lustră Murano și un scrin baroc. Se presupune că au aparținut soților Cruceanu.

– Altceva? surâse locotenentul.

– Vă așteaptă domnul Van der Hoph, care a sosit de la Amsterdam.

– Mă așteaptă?

– Dădea târcoale imobilului. Când se pregătea să sune, l-au oprit băieții și l-au rugat să-i însoțească. Un tip politicos. Părea puțin surprins, dar n-a făcut mofturi.

– Cei din casă au prins mişcarea?
– Nu cred.
– În regulă. Unde este?
– Alături.

Avea un palton lung, pe talie şi purta ochelari cu rame subţiri de aur. Peste servieta diplomat îşi aşezase căciuliţa din blană de castor.

Figura era inexpresivă şi, în afară de aerul „străin“, nimic altceva nu l-ar fi putut caracteriza. Cristescu se simţi vag dezorientat, incapabil să-l califice, să-l situeze undeva, într-un cadru oarecare. După aparenţe, Van der Hoph putea fi orice: om de afaceri, savant, funcţionar superior sau gangster.

Surâse convenţional şi-şi manifestă regretul de a-l fi lăsat să aştepte, faţă de incident, în general. Olandezul, calm, înclină capul, dar nu-l ajută cu niciuna dintre acele fraze de circumstanţă care depăşesc momentul dezagreabil.

– Bănuiesc că v-a surprins invitaţia noastră.

– Sunt mulţi ani de când nu mă mai surprinde nimic...

– Asta s-ar numi înţelepciune.

– Sau experienţă.

– Aveţi dreptate. Cu ce ocazie vă aflaţi în România?

Cristescu vorbea o germană greoaie, deprinsă în liceu, completată ulterior în anii performanţelor teribiliste cu un teanc de dicţionare şi gramatici, abandonată în cele din urmă.

Van der Hoph clipi mărunt în spatele ochelarilor.

– Am venit să văd o prietenă. Doamna Melania Lupu.

– Dacă nu mă înşel, aţi sosit azi-dimineaţă?

– Exact. Îşi privi ceasul: Acum două ore.

– Presupun că abia aţi avut timp să vă lăsaţi bagajele la hotel.

– Nu ascund că eram nerăbdător s-o văd pe doamna Lupu.

– E avertizată despre vizita dumneavoastră?

Olandezul ezită o fracţiune de secundă.

– Da, am vorbit la telefon.

– Când?

– Acum patru zile. M-a chemat ea.

– Vreun motiv special?

– Nu. Comunicăm foarte des. În realitate, îi promisesem de mult să vin la Bucureşti. Am profitat de o mică vacanţă.

– Cu ce vă ocupaţi, domnule Van der Hoph?

– Sunt bijutier. Am un magazin.

– Adresa.

– Amsterdam, Strada Mozart 23.

– Mulţumesc. L-aţi cunoscut cumva şi pe soţul doamnei Lupu?

– Da. Un om neinteresant. Cred că nu şi-a dat niciodată seama ce fel de soţie are.

Cristescu începu să râdă.

– Un păcat relativ frecvent.

– Când femeia se numeşte Melania Lupu, e o crimă!

Maiorul îl examină surprins.

– Din câte înţeleg, o apreciaţi în mod deosebit.

– Atât de mult, încât după moartea domnului Lupu am cerut-o în căsătorie. Din nefericire, am fost respins.

Cristescu, uluit, întinse mâna după ţigări. Genul de afirmaţii, stilul şi calitatea mărturisirilor îl deconcertau. Şi mai surprinzător i se părea faptul că bărbatul din faţa lui putea să aibă maximum patruzeci şi cinci de ani, în timp ce Melania Lupu împlinise şaizeci şi doi.

– Interesant. Între dumneavoastră există o mare diferenţă de vârstă...

Olandezul îl întrerupse:

– Este o femeie la care vârsta nu contează niciodată.

– Niciodată?

– Ce vă surprinde?

– Știu eu, cel puțin în ultima parte a vieții femeile filtrează totul prin vârstă. Nu cred că doamna Melania vede altfel lucrurile.

– Vă înșelați. Nu din cauza aceasta m-a refuzat.

Maiorul își ridică sprâncenele.

– Atunci?

Chipul lui Van der Hoph se întunecă.

– Răspunsul ei a fost categoric: „Nu împărtășesc sentimentele dumneavoastră".

Cristescu își ascunse zâmbetul. Și-o putea imagina pe Melania Lupu sfioasă, feciorelnică și îmbujorată, coborându-și privirea: „Nu împărtășesc..." Probabil nu-i fusese greu să se închipuie de optsprezece ani.

– Acum doi ani, continuă olandezul, mi-am reînnoit propunerea. Am fost convins că este o gafă și totodată o dovadă de egoism din partea mea, dar sunt conștient că nu voi întâlni niciodată pe cineva care să-i semene. Am avut îndrăzneala să-mi închipui că voi putea compensa lipsa de sentiment.

– Presupun că doamna Lupu a rămas la primul punct de vedere.

– Din păcate.

– O cunoașteți de mult?

– Relativ. Am întâlnit-o în 1965 la Ambasador, cu ocazia unui dejun de afaceri.

Maiorul încruntă sprâncenele.

– Dejun de afaceri?!

– N-ați știut că doamna Lupu este una din puținele dumneavoastră specialiste în dialectul tembo-habe?

Maiorul simți nevoia să apuce brațele fotoliului. Mărturisi:

– Un amănunt pe care-l ignoram...

– Mi-am dat seama. Doamna Melania Lupu făcea oficiul de translator.

– Cine v-a recomandat-o?

– Nu-mi aduc aminte. Cred că africanii o cunoşteau mai de mult. M-a cucerit personalitatea ei. Râse cu buzele strânse, fără zgomot. Singura afacere cu adevărat proastă pe care am încheiat-o a fost atunci.

– În ce sens?

– Nu aveam ochi decât pentru ea, iar în afaceri asta se plăteşte.

– Un sentiment spontan şi irezistibil...

– Calificativul mi se pare exact. Privindu-vă, sunt tentat să cred că n-o intuiţi pe doamna Lupu. Nu-i sesizaţi esenţa, substanţa cu totul particulară a individualităţii ei.

– Probabil că nu vă înşelaţi.

– Mă întreb cum e posibil? Are un farmec greu de definit poate, dar care te reţine imediat. Intră graţie aici, sensibilitate, o feminitate debordantă, fără nimic agresiv, fantezie şi o tinereţe înduioşătoare. Coborî privirea: Colegul dumneavoastră mi-a spus că pentru moment n-o voi putea vedea.

– Chestiune de câteva zile, preciză maiorul. V-aş fi recunoscător dacă în acest interval nu veţi încerca să luaţi legătura cu ea.

– Sper... Sper că nu e nimic rău.

– Sper şi eu, domnule Van der Hoph, şi vă mulţumesc pentru înţelegerea de care daţi dovadă.

Olandezul îşi luă servieta şi căciuliţa.

– Locuiesc la Intercontinental... Dacă aveţi nevoie de mine sau dacă ea... Poate vreţi să vă notaţi: camera 518.

Puse mâna pe clanţă, ezită câteva secunde, apoi se întoarse spre Cristescu:

– Nu vă supărați... Cât durează la dumneavoastră formalitățile pentru încheierea unei căsătorii?

Azimioară raportă:
– A telefonat locotenentul Ciobanu.
Cristescu deveni atent.
– Și?
– Raportează că azi-dimineață sculptorul a scos în curte o statuie de ghips.
– Ce fel de statuie?
Locotenentul ridică din umeri.
– După părerea lui Ciobanu, ar putea fi un aruncător de disc.
– Interesant... Am să trec să-l văd și eu.

Prin oblonul de lemn se strecura o lumină murdară. În fotoliul unde stătea de obicei Grigore Popa dormea motanul.

„Van der Hoph se ține totdeauna de cuvânt", gândi Melania Lupu. „Dacă intervenea ceva, mi-ar fi telefonat. Înseamnă că l-au oprit."

„O treabă scârboasă", gândi Doru Matei. „Era rece... Mai rece decât ghipsul. N-aș mai lua-o de la capăt nici pentru un milion!"

„O să vină maiorul", gândi Melania Lupu. „Va întreba de Popa. N-o să creadă un singur cuvânt, dar nu poate dovedi nimic... Trebuie să fii convinsă de lucrul ăsta, draga mea."

„Mi-ar plăcea să mă văd peste un an", gândi Doru Matei. „Sau măcar peste o lună. Piesa asta nu-i de mine! Trebuia să-mi dau seama de la început."

Pendula se opri dintr-odată. O întorcea Panaitescu. Uitaseră.

„Totul e să-mi păstrez curajul", gândi Melania Lupu. „Mi-e frică de Doru, nu va rezista."

„Trupul acela țeapăn“, gândi Doru Matei, „am să-l simt toată viața. Îmi vine să țip... Aş fi vrut să nu se fi întâmplat nimic... Goya... Rembrandt... mi-au devenit odioşi! Am să urlu, totuşi...“

Cei doi aşteptau ghemuiți. Pe fața sculptorului se citea deznădejdea. Pe a Melaniei Lupu nimic.

– Văd că domnul Van der Hoph întârzie, observă bătrâna cu o voce limpede, de cristal.

Sculptorul tresări.

– Cine? Da... întârzie.

– Asta nu înseamnă însă că ne-a abandonat.

Tânărul tăcu.

– Nu mă ascultați, domnule Matei! V-ați pierdut curajul, şi zău n-aveți niciun motiv.

„Curaj!“ auzi ca prin vis celălalt. „Îmi închipuiam că dacă mă iau la bătaie cu unul mai puternic decât mine sunt curajos. Sau la mare, dacă mă avânt în larg...“

– Am convingerea că vom reuşi să facem față. Nu vă ascund că nu-mi place deloc apatia dumneavoastră. Ar putea atrage atenția în mod defavorabil.

– Mi-e greață, şopti sculptorul. Şi n-am mâncat nimic...

– Vă pot oferi o ceaşcă de ceai şi un pişcot.

– Chiar aşa tâmpit mă crezi?

– Vai de mine! Cum puteți...

Matei îi aruncă o privire sălbatică şi bătrâna amuți. Îşi lipi obrazul de blana moale a motanului. Aşteptă un timp, fixând profilul slăbit al tânărului, apoi reluă:

– Poate sosi din clipă în clipă.

– Cine? A, da... olandezul! Nu, n-o să mai vină! Niciodată. Popa avea dreptate... Unchiul Alecu... Îmi vine să cred că l-am cunoscut.

Melania Lupu îl privi neliniştită.

– Vorbeam despre domnii de la Miliţie. Se vor interesa de prietenul nostru, iar noi nu suntem deloc pregătiţi.

– Mat inevitabil... Fără soluţie...

– Nu-mi plac simbolurile, domnule Matei. De altfel, vă înşelaţi, există o soluţie.

Sculptorul ridică din umeri.

– Nu m-ar mira s-o fi găsit. Ce drac ascunzi în dumneata?

– Vă e frică de mine?

Bătrâna îi puse mâna pe braţ. Matei sări ca ars şi urlă:

– Nu mă atinge!

Înspăimântată, Melania Lupu îşi duse mâinile la spate.

– Iertaţi-mă...

Sculptorul tremura.

– Eşti o ucigaşă!

Îl întrerupse zbârnâitul soneriei. Bătrâna duse degetul la buze.

– Am o singură rugăminte, domnule Matei. Încercaţi să dormiţi. După aceea...

Se opri în mijlocul drumului:

– Sper că mă pot bizui pe dumneavoastră.

„Mi-e egal", gândi Matei. „Vreau să dorm..." Ce-i asta? Paşi! Îi auzea şi Popa... „Dar eu nu l-am cunoscut pe unchiul Alecu... Sau poate l-am cunoscut. Nu mai ştiu... Am uitat. Am uitat foarte multe lucruri..."

Se lăsă moale pe divan.

Cristescu apăsă a doua oară pe sonerie, continuând să privească statuia. Bănuia că locotenentul Ciobanu îşi pusese toată fantezia la încercare pentru a desluşi în silueta ciudată un aruncător de disc. Ceea ce ţinea în mână părea o pălărie, iar poziţia nu sugera nimic.

„Oricum“, reflectă amintindu-și de obiectele ovoidale din atelierul sculptorului, „e un progres. Seamănă cu ceva.“

– Scuzați-mă că v-am lăsat să așteptați.

Melania Lupu, proaspătă, zveltă și elegantă, îi zâmbea îmbietor. Purta o rochie cenușie cu un cordon îngust de lac negru, iar din buzunar îi ieșea o batistă verde.

După discuția cu olandezul, Cristescu era tentat s-o privească mai atent și din alt unghi. O femeie capabilă încă să intereseze...

În tinerețe, fusese probabil mai puțin frumoasă decât ai fi fost tentat să crezi acum. Fără îndoială, avusese totdeauna o siluetă admirabilă și trăsături regulate, dar vârsta poleise totul cu o tentă de distincție. Câștiga enorm prin faptul că nu încerca să pară mai tânără nici măcar cu o săptămână.

Cristescu simulă surpriza în fața serviciului de ceai și a platoului cu fursecuri pregătite pe masă. Melania Lupu îl invită grațioasă să se servească, apoi adăugă zâmbind:

– Aștept un musafir drag.

– Atunci desigur că eu sunt de prisos...

– Oh, deloc! Mi-ar face chiar plăcere să-l cunoașteți. Vine din Olanda. Are totdeauna o grămadă de lucruri interesante de povestit. Nu înțeleg însă de ce întârzie...

– Mi se pare că știu despre cine e vorba, zâmbi Cristescu. Domnul Oscar Van der Hoph...

Melania își izbi palmele.

– Ce întâmplare extraordinară!

– O simplă coincidență, inventă Cristescu. Mă aflam de dimineață în hol la Intercontinental când a sosit olandezul dumneavoastră. S-a interesat la recepție despre Strada Crăiței. Acum am făcut corelația...

Improvizase o poveste oarecare, special cusută cu ață albă. Îl interesa reacția bătrânei care nu credea o iotă, dar înghițise minciuna fără să clipească.

– Nemaipomenit! Probabil a preferat să se odihnească întâi.

– Îl cunoașteți de mult?

– Bineînțeles! Suntem prieteni vechi. Despre domnul Van der Hoph aș completa că este și un prieten credincios. Aranjă șervețelul de dantelă. Nu văd totuși de ce n-am lua împreună o ceașcă de ceai, deși îmi dau seama că este târziu pentru micul dejun.

Cristescu își aprinse țigara. Bătrâna, pe gânduri, surâdea:

– Nici nu vă imaginați ce bucurie mi-ați făcut, domnule maior.

– Sunt încântat, dar...

– Da, da, o mare bucurie. Mi-era teamă că n-a venit. La vârsta mea, devii susceptibil. Nu-ți place să te uite prietenii. Deși un astfel de gând față de „olandezul meu“, cum i-ați spus dumneavoastră, reprezintă o impietate.

Cristescu își dădu seama că Melania Lupu vrea să discute despre Van der Hoph și încercă s-o ajute:

– Trebuie să vă spun că imediat ce a reținut camera a făcut o comandă impresionantă de flori: douăzeci și cinci de crizanteme galbene.

– Dumnezeule! suspină fermecată. Ce gentilețe! N-a uitat că-i floarea mea preferată.

Cristescu observă nedelicat, dar convins că-i face plăcere:

– O atenție de logodnic, aș zice.

– Într-adevăr... Știți, la șaizeci și doi de ani, nu te mai aștepți la un anumit gen de experiențe. Și din păcate, ne impresionează mai mult decât ar trebui.

– Dacă v-am înțeles bine, domnul Van der Hoph nu este doar un prieten credincios...

Melania Lupu roși ca o făclie.

– O, ba da, ba da! Eu cel puțin așa-l consider. Dar pe el nu-l pot împiedica să fie un nebun și jumătate. Râse ca o fetiță: Când m-a cerut prima oară în căsătorie, aveam cincizeci și cinci de ani. Vă dați seama, nici măcar atunci nu eram prea tânără.

– Există femei, își aminti maiorul, pentru care vârsta nu contează.

– Când nu contează, nu mai sunt femei. L-am refuzat – firește –, dar, vă mărturisesc, nu fără oarecare strângere de inimă.

– Și totuși...

– Și totuși! Bătrâna oftă. Nu aveam dreptul să-l păcălesc. Îl apreciez foarte mult, este un om delicat, fidel, de o mare cultură, dar... Îl privi în ochi și declară senină: Prezența lui nu mă înfioară.

Cristescu începu să râdă. Afirmația în gura Melaniei Lupu avea o savoare cu totul particulară. O spusese firesc, cu convingere, fără nicio nuanță trivială. Acum, părea surprinsă de râsul maiorului.

– O căsătorie dacă nu e întemeiată pe dragoste nu are după mine nicio perspectivă. Iar cu timpul, domnul Van der Hoph ar fi încercat o mare dezamăgire.

– Poate că era dispus să treacă peste acest amănunt.

– O, domnule maior, nu puteam profita într-atâta de momentul lui de slăbiciune. Soțul meu mă plictisea, dar l-am iubit. Vreau să spun că prezența lui însemna ceva pentru mine.

– Mărturiseați – îmi amintesc – că n-ați fost prea fericită...

– Din cu totul alte motive. Pe domnul Van der Hoph însă, când îl văd, îmi vine să-l mângâi pe cap, ca pe un băiețel. Cred că altceva trebuie să inspire un bărbat.

– Cum a primit punctul dumneavoastră de vedere?

– Nu-i rămânea decât să se resemneze cu gândul unei prietenii credincioase, și așa a și procedat. Din când în când, vine să mă vadă, iar la vară poate că am să-l vizitez în Olanda. Nu mă pot eschiva la infinit...

Maiorul riscă.

– Îi veți face o mare bucurie, mai ales că n-o să vă duceți cu mâna goală...

– Nu înțeleg... A, da, natural, am ochit deja câteva obiecte de artizanat. Încântătoare!

Cristescu mângâia absent marginea farfurioarei de porțelan. Învățase de mult că cea mai sigură minciună este adevărul în țesătura căruia se strecoară mici inexactități. Era convins de autenticul relațiilor dintre Melania și Van der Hoph, așa cum îi fuseseră prezentate, dar, în același timp, îl obseda o corelație între dramele consumate în Strada Crăiței și sosirea olandezului. Bătrâna îl chemase la telefon acum patru zile. Deci în ajunul morții lui Panaitescu. Din prima clipă, sesizase o frondă, o rezistență pe care i-o opuneau sistematic Popa, tânărul Matei, Valerica Scurtu și Melania Lupu. Cei patru nu se agreau, resentimentele lor țâșneau la suprafață și totuși ceva îi lega.

După „dispariția" Valericăi Scurtu, supraviețuitorii continuau să rămână complici... Avu impresia că vede un compas desenând pirueta îndrăzneață a unui semicerc și gândul se avântă: De ce, înainte de a muri, Panaitescu n-ar fi făcut și el parte din echipă? Întâmplarea sau calculul hotărâse ca el să fie prima victimă. Devenise purtătorul mobilului secret și, în mod inevitabil, tot ce se petrecuse ulterior trebuia raportat la persoana sa. Or, în asta consta desigur greșeala. Dacă înaintea lui era exclusă Valerica Scurtu de exemplu, probabil că Panaitescu și-ar fi lipit umărul de-al celorlalți. Zidul deci ar fi existat oricum.

Ideea unui puternic mobil material lua un contur mai ferm.

– Cu ce se ocupă domnul Van der Hoph?

– Are un magazin de bijuterii, răspunse bătrâna și puse reflex mâna pe ceasul care-i atârna la gât. Mi l-a dăruit acum câțiva ani...

Era un giuvaier delicat, cu cadranul din email și o ghirlandă de briliante mici.

– Probabil îl interesează și achizițiile, aruncă întâmplător Cristescu.

Femeia îl privi iute.

„A aflat... Ba nu! E o prostie, draga mea, nici măcar Van der Hoph nu știe de ce l-ai chemat. La telefon nu i-ai spus nimic."

Surâse:

– Firește, e doar negustor...

– Interesul dumnealui se limitează numai la bijuterii?

– Probabil.

– În sfârșit, oftă maiorul, aveți vreo veste de la Valerica Scurtu?

– Din nefericire nu. Suntem atât de îngrijorați! Tocmai voiam să vă întreb...

„Un curaj uluitor. Ai putea crede totul despre ea în afară de ceea ce presupune în general o crimă: josnicie, îndrăzneală, cruzime."

Cântări silueta fină, așezată în fotoliu. Întâlnită în alte condiții, putea trece drept soția distinsă și bine educată a unui mare profesionist ori a unui diplomat, o femeie care cântă la pian Mozart și Schumann și pictează acuarele delicate. Râse încetișor.

„În orice caz, olandezul are ochi de șoim. Sunt convins că a văzut în ea mai mult decât oricare muritor..."

– Ne e foarte frică, declară Melania Lupu încârligându-și degetele fine. Chiar discutam cu Doru...

– Și domnul Matei e îngrijorat?

– Bineînțeles.

– Ținea mult la ea, am remarcat chiar din prima discuție... Apropo, i-am văzut o statuie în curte. Nu mă prea pricep, dar am impresia că abordează o altă manieră.

– Extraordinar! Este exact observația mea, domnule maior. Cum vi se pare lucrarea?

– Mai poți să ghicești ce e?

– Mi-e teamă însă că în felul acesta nu va izbuti să fie prea original.

– Preferați... obiectele?

– N-aș putea afirma, dar însemnau ceva nou. În artă, asta mi se pare esențial. Se spune mereu același lucru, deci exprimarea cel puțin să fie alta. Evident, punctul meu de vedere nu contează. Zâmbi: Dacă vreți să discutați cu el, va trebui să așteptați.

Maiorul încruntă sprâncenele.

– Nu-i acasă?

– O, ba da! Bietul băiat însă e frânt. A lucrat toată noaptea, cu o râvnă frenetică. Acum doarme...

Cristescu își aminti de o secvență similară. Și Valerica Scurtu dormea. Se sperie:

– Sunteți convinsă că nu a plecat și el?

– A mai plecat cineva?

– Domnișoara Valerica Scurtu.

În privirea Melaniei Lupu se aprinse o luminiță.

– Puteți să verificați...

„Își bate joc de mine. E sigură... Foarte sigură. Sculptorul, desigur, doarme."

Se uită în jur, căutând pachetul de țigări. Îl găsi, și aprinse una.

– N-am niciun motiv să mă îndoiesc de cuvântul dumneavoastră.

– Sunteți amabil. Nu fac decât să repet aprecierile vecinilor mei. Le-ați produs o impresie cum nu se poate mai bună...

– Lucrarea trebuie predată urgent?

Bătrâna clipi nedumerită.

– A, statuia! Nu cred. Se simțea însă inspirat cu ceea ce numește el un apetit nebun. Completă privindu-l în ochi: Nimic pe lume nu l-ar fi putut împiedica astă-noapte să lucreze. Ceva... Cum să vă spun, mai presus de rațiune, vital! Așa pretindea cel puțin.

– Mda... Și domnul Popa? Doarme și el?

– A ieșit puțin de dimineață. Am auzit ușa ca prin vis.

– A ieșit?!

– Nu știați?

– Bănuiesc. Aveți idee cumva unde s-a dus Grigore Popa?

– Domnul Grigore Popa e un bărbat misterios. După cum v-am spus, dormeam, am auzit însă ușa.

– Lipsește mult de obicei?

– Nu. În general, iese pentru mici cumpărături sau intră la câte un matineu. Masa o ia întotdeauna acasă.

– E abia douăsprezece, spuse maiorul privindu-și ceasul. O să mă întorc mai târziu. Până atunci se trezește cu siguranță și domnul Matei.

– O, sunt convinsă.

Urmări privirea maiorului și făcu un efort să se stăpânească. Sub fotoliu, foarte aproape de locul unde se prăbușise, se vedeau ochelarii bătrânului.

Cristescu îi ridică și-i puse pe masă. Pe buze îi plutea un zâmbet vag. Salută și ieși.

Melania Lupu îi luă în mână.

„O gafă îngrozitoare..."

Știa și maiorul, o știa și ea. Meticulosul Grigore Popa nu și-ar fi rătăcit niciodată ochelarii și în orice caz n-ar fi plecat în oraș fără ei.

15

„CINE L-A UCIS PE MOȘ CRĂCIUN?“

Era singură. O femeie în vârstă, într-un hol pustiu, cu un serviciu de ceai și o farfurie de fursecuri în față. Deși abia trei după-amiază, lumina devenise cenușie.

„Concentrează-te, draga mea“, își spuse Melania Lupu. „Ai doar câteva ore la dispoziție. Se va întoarce negreșit înainte de a se lăsa seara.“

Se apropie de fereastră. Pe stradă nu trecea nimeni. Peste drum, într-o odaie luminată, un băiețel privea în cartea deschisă pe genunchi, apoi spunea ceva cu ochii în tavan.

„Învață o poezie“, gândi bătrâna.

O imagine veche, ca o fotografie îngălbenită, îi aduse pe buze un zâmbet mic. Era elevă la Ortodoxă. Asta se întâmpla prin anii ’20 și ceva... Avea codițe blonde împletite strâns, ochi cuminți, limpezi. Un obraz la care țin profesoarele... Îi stătea bine uniforma neagră cu guler alb de pichet și o cruce mare agățată de panglica tricoloră. Simțea și azi cum o lovea pe piept. „Prea timidă“, se plângea directoarea, „încolo, fără cusur. O elevă exemplară! Poți avea încredere în ea...“

Acasă, bunica, o femeie măruntă și inteligentă, își izbea palmele de uimire: „Minți de îngheață apele, Melania! Cum poți tu să-i păcălești pe toți...“

– Da, șopti bătrâna. Pe toți i-am păcălit, în afară de ea. Chiar și pe Lupu.

Râse încetișor.

...Se săturase de școală, de orășelul trist, de casa aceea veche cu scoarțe și icoane, de tartina cu magiun pe care o primea la ora cinci, de glasul ca o trâmbiță al bunicii. Întreba invariabil înainte de masă: „V-ați spălat pe mâini?“

– Trebuia să mă mărit, spuse în șoaptă bătrâna. Lupu era maior. Explică unei persoane nevăzute: Abia în ’49, când a fost deblocat, a intrat funcționar la minister... Arăta chipeș în uniformă. Eram în primăvară, draga mea, exact în mai 1929. Plouase... Stăteam în curte și mă bălăceam cu picioarele în apă. L-am văzut trecând. El a râs. Nu mă cunoștea. Nu-l cunoșteam nici eu. M-am uitat lung, până ce a ajuns la capătul străzii. „Am să-l iau de bărbat!“

Melania Lupu băgă în gură un fursec. Se șterse cu șervețelul și luă motanul în brațe.

Făcuse rost de adresa lui și îi expediase o scrisoare. Exact douăzeci de rânduri, scrise cu o caligrafie rotundă de elevă exemplară. Îi dădea întâlnire la Cetate, o ruină de la marginea orașului. Mai târziu, maiorul îi mărturisise că-l intrigase sfârșitul bilețelului.

– O adevărată lovitură de maestru, spuse cu aceeași voce mică bătrâna. „Dacă gestul vi se pare prea îndrăzneț pentru o elevă, n-aveți decât să mă reclamați. Mă numesc Melania Simian, clasa a VII-a B, Liceul Ortodox, directoare doamna Aspasia Petrovici...“

Se căsătoriseră după două luni. În mod ciudat, manevra ei nu-l pusese pe gânduri. Parcă uitase. În toți anii care au urmat, a tratat-o ca pe o ființă fragilă, neajutorată, incapabilă să spună o singură minciună. Păcat că nu fusese un bărbat prea deștept. Se plictisise îngrozitor cu el...

Băiețelul închise cartea. Avea o expresie vizibilă de ușurare.

„A terminat", gândi Melania Lupu.

Imaginea elevei de șaptesprezece ani cu codițe blonde și cruce pe piept se destrămă. Plecă de la fereastră și începu să strângă serviciul de ceai.

„Astăzi, joci ultima carte, draga mea."

Afară se întunecase. Rămase nemișcat câteva clipe, ascultând încordat.

„E liniște. Au plecat toți... Valerica, unchiul Alecu..."

Încercă să-și amintească figura lui. I se părea un amănunt esențial.

„Alecu... Alecu... Doar îl cunosc bine. Cineva i-a șters fața. Cu guma... Nu reușesc deloc..."

Capul îl durea. O durere care-și deschisese pârtie de la rădăcina frunții peste creștet până la ceafă. Acolo unde se tund incașii. Cineva umbla la clanță. Doru Matei șopti:

– Unchiul Alecu... Acum am să-mi amintesc.

Melania Lupu aprinse lumina brusc. Sculptorul țipă și își duse mâna la ochi.

– De ce stați pe întuneric, domnule Matei? Sper că vă simțiți mai bine. Ați dormit aproape patru ore.

Tânărul se ghemui în fundul patului. Tremura.

– Moartea! Vine moartea! Pleacă! Ai omorât-o pe Valerica... Și pe unchiul Alecu...

– Vreți să spuneți domnul Popa. Nu-l cunosc pe Alecu.

– Ba da! Minţi! De ce minţi? Uite, miroase a cozonac... cozonac bun cu nuci şi stafide. Vezi ce frumos s-a copt omuleţul meu? Nu ţi-l dau...

– Nu, spuse încet Melania Lupu, să nu mi-l daţi. Păstraţi-l...

Matei n-o auzi. Îşi duse pumnii la gură.

– Şi unchiul Alecu care nu mai vine... Se întoarse spre bătrânica sfrijită, lipită de uşă: De ce l-ai omorât?

– Aşa trebuia, răspunse Melania Lupu cu o voce neaşteptat de blândă. Credeţi-mă, nu se putea altfel.

Sculptorul icni. Pe faţă îi curgeau lacrimile.

– L-ai omorât pe Moş Crăciun! Nu ţi-e ruşine?

– Ba da. Mi-e ruşine...

– Acum înţeleg! Are haina roşie... De asta nu se vede sângele...

– De asta nu se vede... repetă ca un ecou bătrâna.

Făcu un pas înainte. Ţinea în mână un pacheţel. Doru Matei se agăţă de stinghia divanului.

– Ce vrei să faci? Eu nu sunt Moş Crăciun... Ce ai cu mine?

Melania Lupu continua să se apropie. Zâmbea.

– Nu! bolborosi tânărul. Îţi spun doar că eu nu sunt...

– Ce importanţă are? Veţi muri ca şi ceilalţi. Aţi văzut doar! Nu e deloc greu...

Sculptorul se lipi de zid. Părea că vrea să îl despice.

– Ce ai acolo?

– Otravă. Aţi uitat cum a murit domnul Panaitescu? Şi Valerica? Şi domnul Popa?

– Nu te apropia! Pleacă! Pleacă!!

Bătrâna, cu mâna întinsă, făcu încă un pas. Şopti:

– E de ajuns să rup hârtia. Numai un colţişor...

– Pleacă!!

– Un colţişor şi gata!

– Nu!

Melania Lupu se aplecase peste el. Îi simțea răsuflarea. Mirosea a portocală și a vanilie.

– Hai, încercați!

Apoi se făcu liniște. Se auzeau doar hohotele sculptorului. Bătrâna îl atinse.

– Hai, domnule Matei!

– Pleacă! Nu vreau să mor... Dinții îi clănțăneau. Striga bezmetic: Alecu... moartea... nu vreau...

Melania Lupu se aplecă și mai mult. Glasul avea accente învăluitoare.

– Vă iert! Trebuie să mă ascultați, să scrieți câteva rânduri.

– Nu sunt Moș Crăciun, scânci celălalt.

– Câteva rânduri, doar, le scriem împreună. După aceea veți dormi. Nimeni n-o să vă mai supere.

– ...are un sac cu ghips... și sânge... cum nu vedeți?

Bătrâna îl luă de mână și îl conduse încetișor până în dreptul mesei. Îl așeză pe scaun.

– Să nu vă gândiți la nimic.

– ...i-a murdărit haina... Plânge... Moș Crăciun plânge! De ce-l lăsați? Nu vă e milă?

Își șterse nasul cu mâneca hainei. Melania Lupu îi puse stiloul în mână. Îl mângâie încetișor pe tâmplă:

– Știți bine că da. Mi-e milă. Scrieți!

Matei privi năuc tocul, coala albă de hârtie.

– Scrieți, repetă bătrâna. Dictă rar: Eu, subsemnatul Tudor Matei...

Tânărul începu să scrie. Melania Lupu, aplecată peste el, urmărea înșiruirea literelor.

– Străduiți-vă, domnule Matei! Doar aveți un scris frumos.

Sculptorul lăsă tocul din mână. Începu să râdă. Hohote care nu se mai isprăveau.

Melania Lupu împături foaia de hârtie și ieși din cameră încuind ușa cu cheia.

„Ai câștigat, draga mea."

Puse mâna pe telefon și formă un număr.

– Spitalul nr. 9? Un caz urgent, domnișoară! O criză. Da... E furios... Notați-vă! Strada Crăiței 115. Șoseaua Kiseleff. Exact! Cât se poate de repede... Mulțumesc.

Mai luă un fursec și trecu în odaia ei să se schimbe.

Hohotele lui Matei continuau să se audă. Râsul venea din altă lume.

– Credeți în declarația asta? întrebă Azimioară.

Maiorul ieșise să-l conducă. Nu-și luase paltonul și tremura ușor.

– Niciun cuvânt. Și acum ascultă-mă! Obții urgent de la Procuratură ordin de deshumare pentru Panaitescu și Valerica Scurtu. Ridicați și „statuia" lui Popa și-i duceți pe toți la Medico-legal. Accentuă: Am nevoie de rezultatul autopsiilor imediat!

Melania Lupu îl aștepta zâmbind. Îl mustră dulce:

– Ați ieșit fără palton. Nu sunteți prudent. Continuă fără tranziție, frângându-și neputincioasă degetele: Măcar de mi-aș putea explica toate lucrurile acestea...

Scoase batista din buzunarul capotului, ștergându-și delicat ochii. Aveai impresia că-și menajează rimelul, deși nu era fardată.

Cristescu făcuse sul declarația sculptorului și se bătea cu ea peste palmă.

– Când ați remarcat primele simptome?

– Din nefericire, destul de târziu. Ciudățenii care în mod normal sar în ochi imediat pe noi nu ne mai izbeau. Gândiți-vă puțin! Biata Valerica avea obsesiile ei... Nu atingea o clanță fără să se spele după aceea cu alcool. Apoi agenda domnului Popa... Existenţa soţilor Panaitescu şi, trebuie să recunosc, chiar eu am mici... manii.

– Şi totuşi, evoluţia sculptorului mi se pare nefirească, afirmă pe gânduri maiorul. Îl vedeam altfel...

Se uită la bătrână, căutând parcă răspunsul în ochii albaştri, puţin decoloraţi. Femeia îşi îndreptă cutele capotului cu un gest plin de eleganţă.

– Nu sunt o desăvârşită cunoscătoare a naturii umane, domnule maior, şi cred că nimeni nu ar putea face această afirmaţie fără să fie ridicol. Nicio clipă nu mi-a trecut prin minte că Doru îşi va pierde minţile. Dar poate că dumneavoastră, asistând la ieşirile lui necontrolate, aţi fi judecat altfel. Noi eram obişnuiţi. Puneam totul pe seama profesiunii. M-am neliniştit abia când a început să strige şi... să umble dezbrăcat.

Maiorul se răsuci în fotoliu, căutând o poziţie comodă.

– Să recapitulăm, doamnă! Doru Matei afirmă în declaraţia sa că i-a omorât pe cei trei: Panaitescu, Valerica Scurtu, Grigore Popa.

Bătrânei îi dădură lacrimile. Clătină din cap.

– Îngrozitor...

– ...explică, de asemenea, destul de amănunţit cum a procedat pentru a ascunde cadavrele, aminteşte trucurile care ne-au indus în eroare. În mod ciudat însă, trece sub tăcere elementele esenţiale: mobilul crimelor, cum a reuşit să procure cianura şi, mai ales, cum a reuşit să-şi camufleze manevrele faţă de ceilalţi locatari.

– La starea lui de spirit, suspină Melania Lupu, era de aşteptat să fi omis câte ceva.

– Nu zic nu, dar în situaţia aceasta se naşte o problemă. Scrisă în stare de dezechilibru, declaraţia nu are valoare în totalitatea ei. Nu putem accepta doar ce ne convine şi să respingem restul...

– Aveţi dreptate. Poate că era nebun de-a binelea...

– Dumneavoastră cum v-ar conveni? întrebă zâmbind Cristescu.

– O, domnule maior...

– În sfârşit! Există încă un aspect. Declaraţia mi se pare extrem de logică. Mai clar, redactată de un om normal care depăşeşte cu multă abilitate anumite detalii-cheie.

– Nu mai înţeleg nimic. Era nebun sau nu?

Îl privea nevinovată, cu ochi de fetiţă.

„Fii atentă, draga mea... Ai făcut nepermis de multe greşeli. Toate acestea vor duce până la urmă undeva. Trebuia să te fi gândit mai mult..."

Cristescu zâmbi din nou.

– Mai precis, declaraţia singură nu elucidează aproape nimic.

– Oh, exageraţi! Mi-amintesc cât ne întrebam unde poate fi biata Valerica...

Maiorul îi aruncă o privire scurtă, apoi lăsă capul în jos.

– ...Şi cât de îngrijorată m-am simţit astăzi, aşteptându-l pe domnul Popa. Bineînţeles că aş fi preferat veşti mai bune, dar de lămurit, m-am lămurit în multe privinţe.

– Atunci poate o să mă ajutaţi şi pe mine. Eu nu m-am lămurit. Complet...

– Cu multă plăcere, spuse amabilă Melania Lupu.

– Să începem cu moartea lui Panaitescu. Trecem peste motiv...

– Procedaţi foarte înţelept, domnule maior. Nebunii acţionează cât se poate de deconcertant şi ar fi absurd să cauţi un motiv acolo unde el nu există.

– Cu alte cuvinte, vedeţi în domnul Matei un fel de Jack Spintecătorul...

– De ce nu?

– Chiar, de ce nu! Poate fi o ipoteză... Mă refer însă la înscenarea sinuciderii. A presupus o serie de acte pe care Matei nu le putea rezolva singur...

– Era un tânăr extrem de voinic, deși părea slăbuț. Pe vremuri...

– ...și mai ales, nu se lăsă întrerupt Cristescu, nu le putea camufla. Înțelegeți? Astfel de mișcări nu puteau scăpa ochilor vigilenți ai Valericăi Scurtu sau ai domnului Popa... Nici despre dumneavoastră n-am impresia că sunteți prea distrată... Ceva ar fi trebuit să vă atragă atenția.

– Depinde! Când mă concentrez asupra unui lucru, nu mai văd nimic în jur. Mi-amintesc că soțul meu mi-o reproșa adeseori: „Melania! Casa ar putea lua foc fără ca tu să bagi de seamă“.

– Vreți să spuneți că atunci când citiți o carte...

– Dar nu e vorba despre o lectură oarecare, interveni bătrâna. Traduc basme africane, dialectul tembo-habe.

– Tembo-habe?

– Îl vorbiți cumva? Cristescu ridică din umeri:

– Nu...

– Păcat!

– Unde ați avut prilejul să vă specializați?

– Nu este vorba propriu-zis despre o specializare. Când mai locuiam încă în casa cea mare, împreună cu soțul meu, țineam în gazdă un negru, student la Medicină. Am început întâi așa, ca simplă distracție, după aceea m-a captivat. Nu vă închipuiți câte subtilități, câtă gingășie străină europenilor ascunde această limbă!

Începu să declame cu ochii în tavan. Avea expresia pe care o iau copiii urcați pe scenă la serbările de sfârșit de an.

– *Trestia fragedă și tânără îmbrățișa grumajii lui Ansije Karambe.* Abandonă tonul elegiac: Karambe e numele de familie. Reluă melodios: *Peste templu, răsărise luna. Luna roșie ca un bujor...*

– Încântător, aprecie grăbit Cristescu.

Bătrâna nu se lăsă:

– Ai senzația unui pastel delicat. Numai vechea poezie chineză dispune de același penel.

Maiorul, care în afară de vagi referiri asupra lui Liu Sin și Cio Cio San și-ar fi putut epuiza toate celelalte cunoștințe pe această temă în maximum cincisprezece secunde, oftă:

– Îmi dau seama. Deci, când traduceți din dialectul tembo-habe, vă scapă tot ce se petrece în imediata dumneavoastră apropiere.

– Bineînțeles. Fiecare frază te cucerește.

Își repezi din nou ochii în tavan:

– *Voi trimite fulgerul care trece spintecând cerul/ Voi trimite tunetul care trece frământând totul/ Voi trimite vântul furtunii care trece smulgând bananierii/ Voi trimite uraganul care cade din nori și mătură totul înaintea lui...*

– Vă mulțumesc, doamnă, făcu maiorul râzând. Sunt complet edificat. Mi-ați dat ocazia să ascult lucruri splendide.

– Aceasta a fost din legenda lui Ngurangurane, fiul crocodilului, declară Melania Lupu, sufocată de mândrie. Dialectul fan.

– Fără îndoială. Sesizasem chiar o deosebire. Altceva, nu-i așa, decât tembo-habe.

– O să sesizați mai bine în alt fragment.

– Nu vă osteniți, doamnă.

– De ce? Spuneați că vă place.

– Da, dar pentru moment aș prefera să ne întoarcem la vecinii dumneavoastră. Nici lor nu le-a atras atenția nimic în noaptea când „s-a sinucis“ Panaitescu?

Melania Lupu își țuguie buzele:

– În orice caz, mie nu mi-au vorbit despre așa ceva. Am luat deci drept bună sinuciderea lui Panaitescu. Adăugă volubilă: N-aș vrea să considerați că încerc să deturnez sensul discuției, dar v-aș recomanda câteva cărticele foarte interesante. Vi le pot împrumuta chiar eu: *Africa neagră* sau... În sfârșit...

– *Zece negri mititei,* sugeră Cristescu, cedând unui impuls irezistibil. O să vă amintiți altă dată. Să trecem la moartea Valericăi Scurtu. Au fost necesare manevre destul de dificile pentru a o introduce în același sicriu cu Panaitescu.

– Vedeți! La chestiunea asta m-am gândit și eu. Formidabil cât rimăm în idei!

– În unele! preciză maiorul.

– Oricum, cred că am ajuns la singura concluzie logică.

– Anume?

– A acționat în timpul nopții. Știți, după ce a omorât-o. Domnul Popa și cu mine dormeam. Trebuie să recunoașteți, operația nu era de natură să producă zgomot. Mi-amintesc doar că dimineață Grigore Popa a remarcat un lucru ciudat: pieptul lui Panaitescu părea, cum să vă spun, părea mai bombat. N-am dat însă nicio importanță observației.

Se uită la maior fluturându-și genele.

„Nu crede nimic. Mai mult, pare că se amuză. Îmi lasă timp. Știu de ce-mi lasă... Trebuie să fiu mai șireată decât el. A uitat că într-o capcană pot cădea doi sau unul singur și nu totdeauna acela pentru care a fost pregătită."

– Mda, făcu Cristescu. Cam la fel presupun că s-au petrecut lucrurile și cu domnul Popa.

– De data aceasta, s-au auzit niște zgomote, dar nu m-am impacientat. Știam că lucrează. Dumnezeule mare, ce fantezie!

Începu să plângă încet, fără ca lacrimile să-i boțească fața.

– Bietul Popa! Acum îmi dau seama cât mi-a fost de drag...

– Mie mi-a făcut impresia că dintotdeauna ați ținut la el.

– Fără să știu.

– În ciuda unor cusururi!

– Avea unele cusururi, într-adevăr, dar era un bărbat demn și, când voia, știa să fie fermecător. Am să mă simt foarte singură acum.

Cristescu remarcă alb:

– Poate că ar trebui să vă revizuiți intențiile vizavi de domnul Van der Hoph.

Bătrâna își ridică ochii uzi. Încercă să surâdă:

– Înțeleptul Ridje spune: *Când sufletul tău e pustiu, întoarce spatele ogrăzii tale și pleacă în deșert. Acolo, răsuflarea ta nu va putea ofili obrazul florilor, cuvântul tău nu va putea întuneca fețele prietenilor, mângâierea ta nu va mai alunga surâsul pruncilor. Așteaptă ca luna cea mare să răsară de nouăzèci și nouă de ori și inima ta îți va spune dacă ai voie să te întorci printre oameni...* Mă simt incapabilă, domnule maior, să mă căsătoresc cu Van der Hoph numai pentru că sunt o bătrână singură. Are dreptul la mai mult.

Cristescu întinse mâna după palton. Zâmbi:

– Nu pot decât să vă felicit pentru modul dezinteresat în care vedeți lucrurile.

– Și eu pentru felul amabil în care ați înțeles să duceți ancheta. Îmi pare rău că plecați.

– Am să mă întorc. Vă promit.

Melania Lupu îl conduse până la ușă. Își împreună palmele a rugăciune.

– Îmi dau seama că e o îndrăzneală din partea mea și n-aș vrea deloc să vă închipuiți...

Maiorul o privi surprins. Îngână de circumstanță:

– Vă rog...

– Îngăduiți-mi să-l vizitez pe Doru la spital. Trece prin momente grele... Lacrimile îi inundară din nou ochii: N-are pe nimeni și... Știu că abuzez, dar, dacă mi-ați permite să-i duc și un mic pachet, o, nu mare lucru, desigur... Câteva dulciuri, o portocală... Aș considera că mi-ați făcut o mare favoare.

Cristescu ieși în stradă. Gerul se înmuiase și o ceață groasă învăluia orașul. Sub un felinar, un tânăr înalt și o fată cu căciuliță roșie păreau că nu-și pot descleșta degetele.

Trecu zâmbind pe lângă ei, fără să-i observe.

„E formidabilă!"

Auzi pași în spate și întoarse capul reflex. Locotenentul Ciobanu se apropia însoțit de o femeie în vârstă.

– Doamna Dogaru îl caută pe Vâlcu.

Cristescu cercetă chipul bătrânei. Încerca să-și ascundă neliniștea. Pleoapele îi zvâcneau nervos, degetele frământau mânerul poșetei.

– Vă rog să mă urmați!

16

ERRARE HUMANUM EST

Melania Lupu urmări silueta maiorului până când acesta dispăru la capătul străzii, apoi trase obloanele. Verifică încă o dată ușa de la intrare și se întoarse în hol. Își surprinse chipul în oglinda micuță cu pompoane de mătase, agățată lângă scrin. Un cap micuț, cu bucle grațios zbârlite. Șopti:

– Ești singură, draga mea. Dar nu trebuie să te amăgești pentru că el *nu te-a crezut!* Ți-a lăsat timp ca să te trădezi. Va trebui să fii mai isteață decât ai fost vreodată în viața ta.

Înflori oglinda cu o sărutare.

– Am încredere. Știu că mă pot bizui pe tine. Niciodată, dar absolut niciodată nu m-ai dezamăgit. Hai, fetițo! Curaj!

Trecu în dormitor și scoase din șifonier o poșetă încăpătoare, aproape un sac de voiaj.

– În primul rând, să nu atragi atenția. Vei lua doar câteva lucruri, strictul necesar. O bluză, o jachetă, cămașa de noapte și, firește, periuța de dinți.

Le băgă în geantă și trecu în fața toaletei din lemn de lămâi. Mângâie dinții pieptenului de cristal.

– Ai să-l iei și pe el, nu te speria... Un cadou drăguț din primul an de căsătorie... Și sticluța cu apă de castraveți. Nu știi unde vei dormi la noapte, mâine, luna viitoare... Nu uita alifia de struguri, Melania! Ai o piele delicată.

Deschise un sertar și scoase o cutie mică de sidef. Păstra în ea câteva bijuterii mărunte.

– Nu chiar mărunte, draga mea... Pandantivul are șaisprezece briliante, iar perla de la bunica este roz. O piatră cu adevărat frumoasă! Ridică în dreptul ochilor un colier mic: Și ce cusur au granatele? Sunt absolut încântătoare! Nu se știe dacă nu vei avea nevoie de ele. Ai doar o mie de lei. Ăștia sunt toți banii tăi. Amenință cu degetul: Ești cât se poate de risipitoare. Deși sunt absolut sigură că biata Valerica avea rezerve, și chiar domnul Popa – chicoti șiret, un sunet care semăna cu un sughițat –, acolo, sub lampa de bronz de pe birou, te vei mulțumi cu ce ai. Nu te-ai înjosit niciodată în felul acesta...

Mai băgă în poșetă o cutie de rahat și o pungă de fondante.

– Acum va trebui să te schimbi, draga mea. Pleci într-o călătorie care nu știi cât va dura. Bluza gri de mătase este tot ce poate fi mai indicat... Elegantă și practică. Împreună cu *deux-pièces*-ul de lână negru, reprezintă o toaletă ideală la vârsta ta. Perlele vor desăvârși nota de distincție... Perfect! Ai izbutit o ținută convenabilă pentru orice oră.

Privi încă o dată în jur, luă sacul și paltonul și stinse lumina.

– Sunt lucruri de care te desparți pentru totdeauna, spuse în hol. Nici nu-ți vine să crezi că ai trăit aici aproape zece ani. Dacă ești sinceră, trebuie să recunoști că a fost destul de plăcut. În afară de faptul că nu erau prea înțelepți, fiecare avea șarmul lui. Cel mai inteligent era domnul Popa... Nu mă așteptam să se lase atât de ușor păcălit. Începu să râdă: Se credea foarte viclean și când te gândești... A tras singur moartea de mânecă.

Băgă mâna în tainiță și scoase cele două pânze. Mângâie cu vârful degetelor grumazul alb al femeii cu evantai.

– Nu-i curios? Sunt poate două secole de când a murit și surâsul ei are încă puterea să ucidă. Hm, prea multă cianură pentru un surâs...

Oftă și le făcu sul.

– Știu unde le vei ascunde, draga mea. M-am gândit mult. În umbrelă, strâns înfășurate. Trebuie să verifici doar nasturele și șiretul. Să se încheie bine. Nu, n-o să pară ciudat. Afară e ceață și, dacă nu mă înșel, în curând va începe să ningă. De fapt, sper că nu va ninge! O umbrelă închisă când afară ninge e grozav de ridicolă.

Își puse toca neagră și îmbrăcă paltonul. Motanul se opri în prag scărpinându-și trupul arcuit de ușă.

Bătrâna surâse:

– Nu te-am uitat, Mirciulică. Ți-am lăsat în bucătărie provizii. După aceea, va trebui să te descurci singur. Oberlihtul a rămas deschis... Îl luă în brațe. Mustățile îi gâdilau obrazul. Șopti privind ochii verzi, translucizi, ca niște nasturi de sticlă: Noi doi trăim o aventură... Pe amândoi ne așteaptă necunoscutul.

Motanul miorlăi.

– Știu, dragul meu, te plictisești. Erai obișnuit să te amuzi la ora asta.

Îl duse în odaia ei și dădu drumul la televizor. Stinse apoi lumina și părăsi apartamentul.

Cocoțat pe fotoliul Melaniei Lupu, motanul urmări un film unde Raf Valone suferea pentru o brună superbă cu pomeți înalți.

Ioana Dogaru ținea buzele strânse.

– Nu cred că e bine ce faceți, oftă Cristescu. În imobilul din strada Crăiței s-au comis trei crime. Repet întrebarea: Pentru ce îl căutați pe domnul Vâlcu?

– Urmez un tratament, spuse încet bătrâna.

– Ce fel de tratament?

– Dentar.

– Domnul Vâlcu?!

Femeia își coborî privirea:

– Da.

Cristescu ridică receptorul. Recunoscu glasul locotenentului Azimioară.

– Da, dragul meu...

– Am reușit să descopăr ascunzătoarea din scrin.

– Presupun că e goală. Nu-i nimic. Te aștept!

– Încă ceva, spuse locotenentul. Televizorul din camera bătrânei e deschis. Ce fac?

Maiorul râse:

– Lasă-l așa și vino repede! Am primit rezultatul autopsiei Valericăi Scurtu și a lui Grigore Popa.

– Sunt tare curios.

– Ai și de ce.

Melania Lupu intră într-o croitorie.

Responsabila o ajută să-și scoată paltonul și o pofti în cabina de probă.

– Cum a mers?

– Perfect. Ce îmbrac?

– Fusta maxi și scurta de blană. Nu uita pantofii!

– Ești nebună, râse Melania. Tocuri de opt centimetri! O să-mi rup picioarele!

– Fii serioasă! Uite peruca! Lasă că te machiez eu... Ai adus ochelarii?

Melania Lupu își încheie nasturii și se privi în oglindă. Părea desprinsă din paginile unei reviste de modă. Lentilele mari, negre, îi acopereau jumătate de obraz.

– Dacă te vede Alain Delon, s-a terminat!

Melania Lupu urcă într-o mașină de piață care o lăsă aproape de cimitirul Bellu. Parcurse câteva străduțe și se opri în umbra unui copac.

Trotuarele pustii, acoperite de clisă, străluceau murdar. Prin perdele, se strecurau lumini gălbui, albastre sau de un roz intens. Trecu un cuplu fără să o observe. Melania Lupu prinse frânturi de discuție.

– ...e inadmisibil... Cu două salarii și împrumută tot timpul de la mama. Cincizeci de lei, o sută de lei și nu dau niciodată înapoi.

– Soră-ta e de vină și bătrâna că le dă! Dacă ai fi deșteaptă, ai încerca să pui mâna pe pian și pe tacâmuri... Cu escrocii ăștia nu m-ar mira nimic...

Melania Lupu rămase câteva minute scrutând atentă strada. Își umezi buzele plesnite.

Se învârti un timp prin cartier și intră într-o curte. Printre copaci se zărea o căsuță galbenă cu ferestrele întunecate.

„Nu-i acasă..."

Cotrobăi în poșetă și scoase o cheie.

Înăuntru era cald. Mirosea a crizanteme, a gutui și mere ionatane. Făcu câțiva pași și se opri lângă o ușă, bâjbâind după clanță.

– Unde o fi comutatorul?

Vorbea din nou cu glas tare, ca totdeauna când se știa singură.

– În orice caz, acum îți poți permite să răsufli ușurată. Ai dreptul, draga mea. Glasul se mlădie improvizând un cântecel: Căci ai câștigat! Câștigat, câștigat, câș-ti-gaaat! *Femeia cu evantaiul* e a ta, al tău e și *Vânătorul*... Și totuși unde poate fi comutatorul?

Pipăia pereții fredonând, se lovea ușor de mobile.

– Nu l-ați cunoscut pe lordul Rochester, stimată doamnă? Vai de mine! Chiar ducele mi l-a prezentat la ceaiul lui Lady Abigail... Ce toaletă fermecătoare! O, doar un fleac de la madame Chanel... Eu i-am rămas credincioasă lui Lanvin. Cine e doamna aceea absolut încântătoare? În viața mea n-am văzut pe cineva mai distins! Cum se poate să n-o cunoști? Este Melania Lupu. Senzația sezonului! Te poți considera norocoasă dacă acceptă să ia masa la tine. Un succes *boeuf*... Dumnezeule! Unde naiba e comutatorul?

– Aici! răspunse o voce.

Bătrâna tresări și se lipi de perete.

Auzi un hohot de râs și brusc se aprinse lumina.

Cu mâna încă pe comutator, Marin Vâlcu schiță un salut.

– Bună seara, Melania!

Se aflau într-o sufragerie micuță cu mobilă clasică de nuc. Deasupra servantei atârna o oglindă ovală, iar mai la stânga, simetric, o marină cu cer transparent și balcoane debordând de flori. Veneția...

Melania Lupu se desprinse de perete surâzând.

– Ce surpriză! Îmi face multă plăcere să vă văd.

Contabilul Marin Vâlcu aprinse o țigară. Ținea paltonul pe umeri, deși în casă era cald. Părea undeva în vizită, discutând cu gazdele înainte de plecare sau în așteptarea unui telefon.

– Sunt convins.

– N-am știut că o cunoașteți pe verișoara mea.

Bătrâna arborase un ton ușor, amabil.

– N-o cunosc, rânji contabilul.

– Oh, păcat! E o femeie remarcabilă. Își privi ceasul: Abia la unsprezece se întoarce de la serviciu. Până atunci, am să-mi îngădui să fac eu pe gazda. Se îndreptă spre servantă: Aş putea să vă servesc o dulceață. Nicăieri n-am mâncat cireşe amare mai bune decât la ea. O gospodină eminentă!

Vâlcu râse:

– Lasă circul, Melania!

– Nu înțeleg... Sunt sigură că nu înțeleg deloc. Apropo, cum ați petrecut în concediu? Pot să sper că sora dumneavoastră se simte bine?

– Excelent! N-am timp de poveşti, Melania! Ştiu că eşti inegalabilă, dar mă grăbesc.

– Sunt dezolată. Poate preferați un şerbet de lămâie...

– Prefer tablourile.

– Ce tablouri!?

– *Femeia* şi *Vânătorul*! Degeaba încerci să câştigi timp. Ai pierdut!

Bătrâna zâmbi dulce:

– N-am pierdut, domnule Vâlcu. Au pierdut ei. Şi dacă vreți să vă spun adevărul, în primul rând dumneavoastră.

– Ăsta zic şi eu tupeu! izbucni în râs contabilul. M-am întrebat mereu cum naiba nu te-au simțit ăilalți? Te-au considerat tâmpită sau în cel mai bun caz senilă. Jeleuri, filme cu cowboy şi motanul Mirciulică... Şi azi mă mir...

– N-au fost prea inteligenți. Dar, pentru că veni vorba, mi-am pus şi eu unele întrebări: Cum de n-au înțeles că dumneavoastră sunteți criminalul? Scotoceau prin casă, nu mâncau nimic când totul era atât de limpede. Să mori de râs!

– Mi-am închipuit că te amuzi. O privi admirativ: Îmi placi!

Melania Lupu își ridică bărbia. Abia ajungea până la umărul contabilului. Declară serioasă fluturându-și genele:

– Oh, domnule Vâlcu! Am hotărât de mult să-i rămân credincioasă lui Lupu. A fost un soț fidel și devotat.

Celălalt râse binedispus:

– Mă gândeam la alt soi de colaborare. Noi doi am putea face multe împreună.

Bătrâna își țuguie buzele.

– Nu sunteți destul de inteligent pentru asta. Și-apoi, totdeauna am reușit să mă descurc singură. Dar putem rămâne prieteni...

– Perfect! Unde sunt tablourile?

Melania Lupu își privi mâinile subțiri cu unghii ovale, bine lustruite.

– În alte condiții, aș fi dispusă să mergem la jumătate. Dar, fiindcă dumneavoastră sunteți asasinul, nu cred că meritați mai mult de douăzeci și cinci la sută. Un procent onorabil, nu credeți?

– O glumă idioată!

– Dar nu glumesc deloc. Și așa e prea mult față de greșelile pe care le-ați comis. Trebuie să vă atrag atenția că acceptând această sumă, mai mult decât generoasă, aveți în plus garanția că niciodată nu-i voi pomeni vreunui muritor despre fapta dumneavoastră îngrozitoare. Să ucizi trei oameni...

– Șantaj?

– Sunt aproape sigură că ăsta e cuvântul.

Contabilul își arătă dinții mari.

– N-o să-ți meargă, Melania! Cu mine n-o să-ți meargă!

– Mai reflectați. Între timp, v-aș putea servi o dulceață de caise sau de căpșuni.

Vâlcu se năpusti spre bătrână. Rămase brusc țintuit locului. Cineva umbla la ușă.

– Ce-i asta?!

Melania Lupu zâmbi obosită. Suflă moale:

– Abia acum am pierdut! Amândoi!

– Dacă jucăm pe aceeași mână, șuieră Vâlcu, mai avem o șansă. Gândește-te bine!

Bătrâna îi aruncă o privire ștearsă. Ușa se deschise și expresia i se schimbă brusc. Redeveni amabilă, senină și zâmbitoare.

Maiorul Cristescu salută distrat. În spatele lui se zărea silueta masivă a locotenentului Azimioară.

– Ce plăcere! ciripi Melania Lupu... Tocmai îl întrebam pe domnul Vâlcu dacă nu dorește o dulceață. Verișoara mea trebuie să sosească din moment în moment... Unul din principiile ei este ca oaspeții să fie primiți așa cum se cuvine.

Azimioară o privea buimac. Personajul i se părea uluitor.

Maiorul trase de spătarul unui scaun și se așeză. Observă cu aceeași voce groasă:

– Ați uitat televizorul deschis.

– Vă înșelați! Nu l-am uitat. Mirciulică urmărește filmul. Cristescu își ridică sprâncenele.

– Motanul doamnei Lupu, explică Vâlcu fără nuanțe și locotenentul izbucni în râs.

Bătrâna șopti cu ochii în pământ:

– La vârsta mea, înțelegi ce înseamnă să fii singur.

Maiorul o măsură din creștet până în tălpi.

– Observ că v-ați schimbat genul...

– O! făcu bătrâna aranjându-și fusta: câteva fleacuri de la domnul Van der Hoph. Le-am îmbrăcat știind că o să-i facă plăcere.

– Trece și dumnealui pe aici astă-seară?

– Nădăjduiesc din toată inima.

Cristescu se întoarse spre contabil.

– Când v-ați întors, domnule Vâlcu?

– Azi de dimineață.

– Ați trecut pe acasă?

– Nu. Ca să fiu sincer, după tot ce s-a întâmplat... Îmi repugnă! Cred că, în sfârșit, am să mă mut.

– O idee admirabilă, interveni Melania Lupu. E atât de trist acum la noi... Te lovești mereu de câte o amintire: Uite, aici croșeta biata Valerica... sau în fotoliul acesta citea gazeta domnul Popa... Își șterse o lacrimă. Cu siguranță va trebui să ne mutăm.

Maiorul oftă:

– Îmi vine să cred că ați și făcut-o.

– Nu înțeleg!

– Ați părăsit casa cu intenția de a nu vă mai întoarce niciodată. Nu știu ce sperați, nu m-ar surprinde nimic din partea dumneavoastră, nici cel mai fantezist proiect, dar în privința asta lucrurile sunt limpezi.

– Dumnezeule! Melania Lupu își rotunji ochii. Am venit în vizită la verișoara mea. Ce găsiți extraordinar? Cel mult, voi înnopta aici.

– De aceea lăsați o cămară întreagă la dispoziția motanului? Nu, stimată doamnă! Aveați de gând să dispăreți împreună cu pânzele, formidabila miză a celor trei crime!

Se adresa doar bătrânei, părând să facă total abstracție de Vâlcu. Melania Lupu scutură din cap.

– Greșiți... Greșiți îngrozitor, domnule maior... Vă asigur că...

Cristescu o întrerupse cu un gest:

– Un Rembrandt și un Goya! Două tablouri blestemate. N-au adus noroc niciunuia dintre cei care au avut de-a face cu ele. Dacă socotești câte crime s-au comis din cauza lor, îți vine pur și simplu amețeala. În '42, ultimii posesori, soții Cruceanu, au fost trimiși pentru o culpă imaginară într-un lagăr de exterminare. Colonelul Werther von R., şeful comandamentului german, era un amator rafinat de obiecte de artă... Plutonul de execuţie sau crematoriul reprezenta un mijloc comod de a te debarasa de proprietarii legitimi. Ani buni rudele sau amicii familiei Cruceanu s-au întrebat ce vor fi ajuns tablourile...

Soarta a vrut ca ele să-şi dezvăluie enigma după aproape un sfert de secol. Surprins de evenimentele lui august '44, colonelul Werther von R. n-a reuşit să le scoată peste graniţă. Arhivele consemnează că automobilul în care se afla a fost atacat de forţele patriotice. În timpul ciocnirii, colonelul a murit împuşcat.

Azimioară se uită la Vâlcu. Fuma într-o poziţie neglijentă, dând drumul unor rotocoale mici. Melania Lupu clătina capul cu aerul că ascultă o predică.

– Ce captivant! Păcat că nu e şi verişoara mea! Nici nu vă închipuiţi, domnule maior, cât de mult îi plac întâmplările extraordinare... Maiorul surâse şi continuă.

– Când am vizitat pentru prima oară imobilul din Strada Crăiţei, eram departe de a intui mobilul care strângea într-o singură echipă pe cei şase locatari, făcându-i complici. Anchetam doar o sinucidere cam suspectă... Mi-a atras însă atenţia fronda constituită împotriva anchetatorului. Doamna Melania Lupu, Grigore Popa, sculptorul, Valerica Scurtu aveau buzele pecetluite. Erau dispuşi să discute despre orice, să-şi invectiveze chiar vecinii, dar se fereau să vehiculeze ideea de asasinat, să se acuze eventual reciproc. Normal! Unul sau celălalt, învinuiţi de crimă, ar fi denunţat în cele din urmă cooperarea cu privire la tablouri.

Mi-am imaginat că mobilul „sinuciderii", ca şi al ciudatelor dispariţii, nu poate fi decât material. Era unica raţiune, unicul argument care putea aduce în aceeaşi barcă temperamente și caractere atât de distincte. Tenebrosul Popa nutrea un dispreț sincer și profund pentru vecinii săi. Panaitescu, așa cum încerc să mi-l închipui, îi ignora, în inima Valericăi Scurtu nu încăpeau decât refulări și ură. Doru Matei dădea impresia că se amuză, în timp ce doamna Melania Lupu se mulțumea să observe. Doru Matei... Un om ciudat! Total lipsit de personalitate, și-a însușit, mai bine zis și-a construit un gen – tipul nonșalant, flegmatic și stăpân pe sine – plimbându-l cu atâta dezinvoltură, încât a reușit să-i păcălească pe cei mai mulți. Printre cei mulți, mă număram și eu. Nu și doamna Melania Lupu, care l-a intuit bine. Într-adevăr, Doru Matei se prăbușește repede...

Așadar, mobilul mă intriga în cea mai mare măsură. Când am aflat că vila din Crăiței fusese locuită în timpul războiului de către șeful comandamentului german, cunoscut amator de obiecte de artă, am avut sentimentul că un far s-a aprins brusc. M-am uitat din curiozitate și pe inventarul întocmit de Sfatul Popular atunci când casa a fost dată în folosință diverșilor particulari. Conținea o lustră de Murano și un scrin baroc rămase de la familia Cruceanu. Scrinul din hol pe care Valerica Scurtu își ținea murăturile...

În noaptea dinaintea „sinuciderii" lui Panaitescu, s-a spart o țeavă chiar în spatele comodei. Mi-e destul de lesne să reconstitui acum evenimentele. Încercând să-l miște, unul dintre locatari a declanșat resortul ascunzătorii. Pot să-mi imaginez surpriza celor cinci când au dat cu ochii de tablouri. Discutând la Iași cu domnul Vâlcu, acesta mi-a furnizat un amănunt interesant. În noaptea respectivă, sfidând orice rațiune, toți, fără excepție, dormiseră în hol. Desigur, se temeau ca nu cumva, în lipsă, vreunul să pună mâna pe pânze și să dispară. Simțeau nevoia să aibă tot timpul scrinul sub ochi.

O corelație în același sens mi-a îngăduit-o și sosirea domnului Van der Hoph la București. S-a dat drept bijutier. Un telefon la Ambasada română din Amsterdam ne-a adus completarea: bijutier desigur, dar și proprietarul unei importante galerii de tablouri. Cred că în problema aceasta n-a mai rămas nimic de clarificat.

Azimioară dădu din cap privind marina agățată puțin strâmb deasupra bufetului. Ghirlandele de trandafiri atingeau suprafața apei. Fusese la Veneția. Acum, în căsuța mică de lângă Bellu, regăsea cu emoție ceva din atmosfera orașului... Ziduri vechi, flori, apă și cer... Și nicio mașină. Singurul oraș din lume fără mașini. Dar, dacă nu-i atrăgea atenția un prieten, nu și-ar fi dat seama niciodată. Pur și simplu nu te gândeai la asta.

– Când a preconizat moartea celor trei, asasinului nu i-a trecut prin minte că se va bucura de asistența unui complice inteligent, stăpân pe sine și mai ales de o inventivitate remarcabilă. Și totuși... Errare humanum est! Râse privind-o ca din întâmplare pe Melania Lupu: Printre alte mici „neglijențe", acest complice voluntar, regizând sinuciderea lui Panaitescu – mă refer la scrisoarea de adio și, în treacăt amintind, putea fi redactată în termeni mai puțin echivoci –, a omis că victima era un dactilograf cu experiență. Folosea metoda oarbă, mai precis bătea cu toate degetele.

În consecință, literele din extremitățile claviaturii, atinse cu inelarul sau degetul mic, ca *ă, ț, ș, p* etc. trebuiau să fie mai palide. Spre deosebire de *u, z, h* sau *t*, lovite de index. Cel care bătuse însă textul la mașină – un amator – o făcuse cu cele două arătătoare. Astfel, toate literele au căpătat aceeași intensitate. A fost suficientă o comparație superficială între scrisoarea de adio și materiale mai vechi de-ale lui Panaitescu pentru a-mi da seama că victima nu avusese niciodată intenția să-și ia rămas-bun de la nevastă-sa sau de la oricare alt muritor. O greşeală scuzabilă, dacă ne gândim cât de puţin timp a avut la dispoziţie autorul scrisorii. De fapt, şi domnul Vâlcu a fost obligat să acţioneze cam pripit. Noaptea respectivă o petrecuse la doamna Doina Popovici. Când s-a întors acasă, şi-a dat seama că vecinii săi descoperiseră pânzele. Asociaţia dintre ţeava spartă, scrin, înnoptatul în hol şi tablouri era firească. A sesizat desigur şi aerul particular al oamenilor, expresia de nerăbdare, teama, nădejdile nebune. Bănuiesc cu ce oftat de uşurare au primit vestea că plecaţi în concediu. Mă înşel?

– Nu ştiu unde vreţi să ajungeţi.

– Doamne! ţipă Melania Lupu. La început, am crezut că n-aud bine! Doar nu vreţi să spuneţi că domnul Vâlcu...

Cristescu o privi în ochi.

– Aţi ştiut de la început cine e criminalul, doamnă.

– Da' de unde! Am fost convinsă că bietul Doru i-a omorât pe toţi.

Maiorul dădu din umeri.

– Repet! Aţi ştiut de la început că Marin Vâlcu e asasinul. Nu, nu eraţi înţeleşi. Este ceea ce aş numi un caz de complicitate spontană care nu presupune neapărat convenţa partenerilor. L-aţi ajutat, conştientă de actul în sine, dar evident în scopuri personale.

Melania Lupu încercă să zâmbească.

„A ghicit, draga mea. Bagă-ţi în cap că doar a ghicit. Sunt simple supoziţii. Nu are probe împotriva ta..."

Arboră o expresie de stupefacţie:

– Cum mi-aş fi putut închipui? E prea mult, domnule maior!

– Exact cum aţi spus, o întrerupse Cristescu. V-aţi închipuit! Numai cineva cu fantezie putea să desluşească jocul acesta dement. Popa era inteligent, dar n-avea imaginaţie. Matei şi Valerica Scurtu nici atât...

– O clipă! interveni Vâlcu. Am impresia că discutați inutil. Dacă vă amintiți, în timp ce oamenii mureau pe capete, eu mă aflam la Iași. Am sosit abia azi-dimineață.

Contabilul vorbea calm, extrem de detașat. Cristescu începu să râdă:

– Știu. Sunt încredințat că ați sosit azi-dimineață și că aveți o grămadă de martori care s-o confirme. V-aș întreba, de pildă, ce căutați aici, dar asta nici măcar nu mai are importanță. Ați urmărit-o pe doamna Lupu, știind că tablourile sunt la ea.

– Oh! exclamă bătrâna. Cum a ghicit-o? Le-am adus, într-adevăr. Cumnata verișoarei mele e custode la Muzeul de Artă. Voiam să ne sfătuim împreună, să-mi spună unde să mă adresez. Nu cunosc forul competent...

– Admirabil! Cristescu râse din toată inima: nu știați deci cum să procedați pentru ca pânzele să parvină mai repede statului.

– Dar bineînțeles. Aș fi putut oare proceda altfel?

– Vă vizitez de-o săptămână. De ce nu mi-ați pomenit niciodată nimic despre ele?

Melania Lupu își împreună mâinile.

– Habar n-aveam de existența lor, puteți să mă credeți! Astăzi le-am găsit întâmplător, mai precis astă-seară. Ștergeam praful și dintr-odată am auzit: Clic!

„Va duce farsa până la capăt, gândi Cristescu. Scontează pe faptul că nu am probe împotriva ei și deci n-o pot condamna. Deocamdată. Matei nu poate vorbi. Și orice ar declara va fi pus la îndoială. Este de ajuns să-i spui unui judecător că martorul principal e în tratament la Spitalul 9...“

Contabilul stinse țigara.

– Teoria dumneavoastră nu stă în picioare, domnule maior. Am părăsit acum o săptămână Capitala. Fiecare pas pe care l-am făcut la Iași poate fi riguros controlat.

Ipoteza că aş fi ucis, aflându-mă la o distanţă de patru sute de kilometri faţă de victime, o consider ilară.

– Cândva aţi considerat-o excelentă, surâse maiorul. E de fapt marea dumneavoastră idee: crimă de la distanţă sau crimă în absenţa criminalului. Nici acum nu-mi dau seama dacă la mijloc a fost premeditare. Îmi vine mai degrabă să cred că uneori vă amuzaţi încercând să combinaţi fazele unei crime perfecte. Un exerciţiu de fantezie! Circumstanţe excepţionale v-au îngăduit să o puneţi în aplicare. Cu ce vă ocupaţi, domnule Vâlcu?

– Nu vi s-a spus? Mă surprinde. Sunt contabil la un institut de proiectări.

– Din septembrie 1973, preciză maiorul.

– Exact.

– Şi mai înainte?

– Nu înţeleg întrebarea. Şi apoi nu văd...

– Cu ce v-aţi ocupat înainte de a vă reprofila? Pentru că nu asta este profesiunea dumneavoastră iniţială.

Vâlcu îşi plecă privirea: „Avea dreptate Melania. Am pierdut amândoi. Am pierdut îngrozitor".

Spuse încet:

– Iniţial, am practicat medicina.

– Specialitatea?

– Stomatologie.

– Până la 5 septembrie 1963. Apoi?

– Mi s-a luat dreptul de a profesa.

– De ce?

– Un accident...

– Un accident trist, domnule Vâlcu. Eleonora Stanciu a murit din cauza unei intervenţii chirurgicale clandestine efectuate la domiciliu. Nu ştiaţi şi nu ştia că suferă de inimă şi i-aţi administrat un anestezic prea puternic.

– Vai! se miră bătrâna. Domnul Vâlcu e dentist? Nu, hotărât, azi e ziua surprizelor!

Cristescu o măsură zâmbind, apoi continuă:

– După ce ați executat pedeapsa, ați continuat să lucrați clandestin. Am declarația scrisă a doamnei Ioana Dogaru. V-a căutat astă-seară... Vecinii dumneavoastră au aflat, firește, e o locuință în care se află totul, dar au tăcut pentru că se bucurau de asistența medicală acordată.

Bătrâna clipi nedumerită:

– Credeți într-adevăr, domnule maior?

– Și-acum să vedem cum s-au petrecut lucrurile. Despre existența tablourilor ascunse în scrin erați informat cu mult înaintea vecinilor dumneavoastră. Chestiune poate de ani întregi. Așa ați ajuns să locuiți aici, voiați să fiți cât mai aproape de tablouri. Nu le-ați mutat, considerând tainița sigură. Și-apoi, prin însăși natura îndeletnicirilor, riscați o nouă percheziție. Când ceilalți au descoperit pânzele, ați hotărât să-i înlăturați. Trei dintre ei erau în tratamentul dumneavoastră.

Vâlcu ridică iute ochii. Examină întunecat chipul maiorului, apoi își coborî din nou privirea.

„Oamenii-s nebuni, conchise placid Azimioară. Ce-i trebuia individului toată aiureala asta?“

– Doamna Doina Popovici, vrând să-mi demonstreze cât sunteți de amabil, îmi relata că vă serviți uneori vecinii gratuit. Era vorba despre Panaitescu, Grigore Popa și Valerica Scurtu. O mică gafă. Când și-a dat seama – intuise trucul –, era târziu. Mi-am amintit totodată că-n odaia dumneavoastră m-a izbit prezența unui șnur metalic. Singur nu însemna nimic, dar, atașat la câteva piese și o lampă puternică, devenea o bormașină. Totodată, din șifonier nu vă lipseau lucrurile necesare plecării în concediu. Deci în valiză ați pus nu hainele, ci tot instrumentarul pe care îl dețineați. Am conchis că „unele servicii gratuite“ aveau loc la domiciliu... Amabilitate obligatorie, dacă ne gândim că astfel vă asigurați discreția locatarilor. Anunțându-i că plecați pentru trei săptămâni, le-ați sugerat sau poate v-au cerut-o chiar ei să-și rezolve urgențele. În pansament ați introdus cianura. Nu era mare lucru. Cunosc cazuri când oamenii au încercat să părăsească țara cu o gură garnisită cu briliante.

– Oh! Melania Lupu își duse degetele la gură: Îngrozitor!

– Ce anume, doamnă? se interesă amabil Cristescu.

– Povestea asta cu dinți... Cianura băgată în plombă! Este pentru prima oară când mă bucur sincer că am proteză. Își coborî pudică pleoapele: Dacă vreți să știți, acest motiv a cântărit greu când l-am refuzat pe domnul Van der Hoph. Gândiți-vă numai! O mireasă fără dinți...

Vâlcu interveni cu glas răgușit:

– Pretindeți, deci, că le-am introdus otravă în interiorul plombei... Nu vă dați seama că prima expertiză vă poate răsturna toate concluziile?

– Plombă! Vorba vine, râse maiorul. Aveați nevoie de ceva provizoriu. Victimele trebuiau să moară repede. Ați recurs deci la pansamente relativ superficiale care să reziste o oră, o zi sau cel mult o săptămână. Important era ca moartea să survină după plecarea dumneavoastră. Nu vreau să omit nici faptul că ați fost îndeajuns de prudent pentru ca pansamentul propriu-zis să nu fie pe bază de ciment, eugenat sau, în fine, orice substanță care, detectată la autopsie în stomacul victimei, să permită cea mai infimă corelație între scaunul de stomatolog și crimă.

– Perfect! exclamă Vâlcu. Vreți să-mi spuneți cum dovediți toată povestea asta? Până acum n-am auzit decât supoziții.

Cristescu zâmbi:

– În stomacul victimelor nu s-au găsit alimente. Nici urmă. Concluzia se impunea. După primul asasinat, ceilalți, alarmați, au început să ia măsuri. Încerc să-mi imaginez cu ce groază au asistat la moartea lui Panaitescu Valerica Scurtu sau Grigore Popa. Oameni trăsniți din senin, otrăviți cu cianură – și un sugaci ar recunoaște-o după miros – fără să se fi atins de-o singură firimitură de pâine. Îmi închipui cum se suspectau, cum își sleiau mintea încercând să ghicească trucul. Și totuși perseverau! Tablourile blestemate, surâsul femeii cu evantai le luaseră mințile. Mai mult, depășind așteptările dumneavoastră, camuflau crimele realizând în acest sens performanțe fantastice.

Se uită la Melania Lupu. Bătrâna îi suportă senină privirea.

– Povestiți lucruri de-a dreptul extraordinare! Deci domnul Vâlcu a omorât, iar Doru ștergea urmele. Cine și-ar fi închipuit?!

„Sper să ne mai întâlnim, gândi Cristescu, continuând să o privească. Și sper că atunci voi avea mai mult noroc."

– Da... Vorbeam despre probe. Faptul că, deși victimele erau avertizate, supunându-se unui adevărat regim de înfometare și totuși continuau să moară, să moară deci în lipsa unui act imediat, cum ar fi un pahar de apă dus la gură, mi-a sugerat ideea absenței asasinului. Am început să mă gândesc la o găselniță care să dea posibilitatea subiectului criminal să ucidă, el aflându-se la cinci metri depărtare sau în altă odaie. Și dacă accept altă odaie, de ce n-aș accepta alt oraș? Totodată, ipoteza presupunea ca victima să poarte asupra ei însuși agentul vătămător, respectiv cianura. Fără să vrei, gândul te duce imediat la cavitatea bucală.

Dar bănuiesc că dumneavoastră doriți probe materiale. Din faimoasa agendă a domnului Popa lipsesc câteva pagini. După cum știți, obișnuia să-și noteze toate întâmplările de peste zi. Ați subtilizat deci foile unde erau trecute ședințele la dentist. Mă întreb când ați făcut-o.

– Și eu!

– Am impresia că știu! interveni zglobie Melania Lupu. La un moment dat, domnul Popa i-a îngăduit să-și aleagă niște cărți din camera dumnealui.

– Ați omis însă altceva. Grigore Popa, meticulos, avea două agende. Cea care stârnea cele mai suculente sarcasme din partea vecinilor, un fel de jurnal, condică de sugestii, dare de seamă despre colocatari, catalog de vendete etc., și a doua, un fel de orar unde își programa ce are de făcut. De pildă 11 – plată chirie, 16 – consult policlinică, medicamente gratuite etc. Aici și-a înscris și ședințele stomatologice. E trecută și cea din ziua plecării dumneavoastră. Câte un V roșu indică respectarea programului. Evident, nu lipsește cel de pe data de 8. Aș mai aminti că substanțele care s-au găsit în stomacul victimelor, folosite ca pansament dentar, aveau toate aceeași proprietate. Erau extrem de aderente. Oamenii nu riscau să piardă „plomba“ înainte de a fi cazul.

Emoții probabil v-au dat Melania Lupu și tânărul Matei. Ei nu erau pacienții dumneavoastră și în goana plecării n-ați găsit o modalitate convenabilă de a-i „trata“. Ați mizat însă pe faptul că unul dintre ei îl va exclude pe celălalt, ceea ce într-un fel s-a și întâmplat. Cu învingătorul erați eventual dispus să împărțiți tablourile.

Proba cea mai evidentă, imposibil de contestat, ne-a oferit-o Grigore Popa. Obișnuind, probabil, să-și plimbe vârful limbii în perimetrul plombei, a deteriorat învelișul de protecție, iar o porțiune a rămas pe măseaua tratată.

Și, în sfârșit, o greșeală psihologică! Împreună cu Panaitescu ați fost abonat ani întregi la *Paris Match*.

Practic, suportați fiecare jumătate din sumă. Luna decembrie este perioada în care se fac abonamentele. Cunoscând soarta lui Panaitescu, ați expediat suma *întreagă* Doinei Popovici pentru a îndeplini ea oficiul.

– Cel puțin astă dată, spuse moale Vâlcu, nu am greșit. Chiar dumneavoastră m-ați informat la Iași despre sinuciderea lui.

– Fără îndoială, dar asta s-a întâmplat pe data de 11 decembrie. Panaitescu a murit pe 8, iar dumneavoastră ați expediat mandatul pe 10, seara. Poșta a confirmat.

„Și cu asta, basta", răsuflă Azimioară, gândindu-se la o budincă formidabilă și la crema de zahăr ars din frigider.

Cristescu întinse mâinile peste masă.

– Unde sunt tablourile, doamnă?

– În umbrelă, chicoti Melania Lupu. Închipuiți-vă!

Desfăcu șiretul și scoase pânzele făcute sul:

– Vi le dau cu inima împăcată. Abia aștept să le văd la galeria națională.

– Nu mă îndoiesc...

– Cum să vă spun... Obrajii proaspeți deveniră roz... Știu că sunt o femeie bătrână și neinteresantă, dar, dacă n-o să vă stingheresc, mi-ar face mare plăcere să vă însoțesc când vă veți duce să le admirați la muzeu.

Femeia cu evantai surâdea. Un surâs ciudat, puțin trist.

– Fascinant! exclamă Cristescu, căutând lumina lămpii de pe birou. Nu prea mă pricep, dar, după mine, toată chestia stă în dantelele evantaiului. Ascunde gura și din zâmbet rămâne o intenție.

Locotenentul Azimioară puse de-o parte *Vânătorul* și cercetă cu luare-aminte chipul femeii. Spuse într-un târziu:

– Îmi place, și totuși nu știu de ce...

– Poate că ăsta e secretul. Să nu știi de ce-ți place...

Ridică privirea. Fulgi mari presărau ghiocei pe fereastra decupată în noapte.

„Nu trebuie să te necăjești, draga mea. În primul rând, a fost o combinație în care tu ai picat întâmplător. Nici măcar nu-ți era îngăduit să-ți faci iluzii. O simplă încercare! Nu ai nicio vină că a eșuat. Ar fi absurd să te mai gândești o singură clipă la *Femeia cu evantai*... La zâmbetul ei... Să știi că mă superi! E oare nevoie să-ți amintesc mereu că tu nu poți pierde niciodată cu adevărat? Sunt absolut convinsă că în manșeta ta mai există o carte pe care încă n-ai jucat-o... Și, asta zic și eu surpriză, încă o vișină de ciocolată ascunsă în cutia cu bicarbonat. Am impresia că năzdrăvanul de Mirciulică a învățat să citească. Dacă vrei să prinzi puteri, nu cunosc nimic mai indicat decât o bomboană gustoasă..."

Bucătăria cu compartimentele ei i se păru tulburător de pustie. Valerica, Panaiteștii, Doru... Curând, paravanele de carton presat vor dispărea și, gând neașteptat care-i aburi privirea, între aceiași pereți vor răsuna alte glasuri.

CUPRINS

RODICA OJOG-BRAȘOVEANU

GRASĂ ȘI PROASTĂ

Viața nu e doar în roz. E în toate culorile. Și dragostea la fel. Nici nu-ți trece prin cap ce ar face oamenii pentru ea. Cum s-ar schimba. Cum ar minți...
Întâmplări cu oameni obișnuiți în situații inedite, plecând de la povești de dragoste (sau mai degrabă anti-povești de dragoste), șiretlicuri, mici înșelăciuni – prozele scurte din acest volum sunt tot atâtea clipe de delectare purtând semnătura inegalabilei Rodica Ojog-Brașoveanu.

Ori laie, ori bălaie există doar la coafor. În viață, lucrurile sunt mai policrome...

Rodica Ojog-Brașoveanu

BĂRBAȚII SUNT NIȘTE PORCI

O femeie dă anunţ în ziar în speranţa că va găsi un partener pentru Revelion, o tânără trece prin clipe de coşmar după ce îşi află viitorul de la o ghicitoare, doi bătrâni încearcă să supravieţuiască cu o pensie amărâtă, o adolescentă are probleme în dragoste, o pensionară trece printr-o adevărată aventură atunci când decide să se recăsătorească, un cuplu înstărit descoperă că un tablou i-a fost furat după o petrecere, o patroană de bordel încearcă să ascundă o crimă – povești despre oameni de toate felurile, în care umorul face casă bună cu inteligența sclipitoare a scriitoarei.

RODICA OJOG-BRAȘOVEANU

RĂZBUNAREA SLUȚILOR

Ce îți rămâne de făcut atunci când și natura, și soarta au fost nedrepte cu tine? Ce îți rămâne de făcut atunci când ceilalți te privesc cu dispreț?
Pe natură nu te poți răzbuna, deci toată ura acumulată o viață se îndreaptă spre cei care ți-au provocat atâta mâhnire.
„Sluții" încearcă să-și facă singuri dreptate, pe când „Frumoșii" sunt și ei, în felul lor, sluți – aroganți, răi, mereu în căutarea unor avantaje materiale.
Răzbunarea sluților este un roman despre oamenii din jurul nostru, cu defectele, pasiunile și setea lor de răzbunare.

Rodica Ojog-Brașoveanu

NECUNOSCUTA DIN CONGELATOR

La începutul anilor 2000, locuitorii unui bloc din București primesc niște colete absolut macabre: părți din cadavrul unei femei, tranșat cu sânge-rece de măcelar. Totul pornește din apartamentul diplomatului Harald Bălăcescu, dar cercul se lărgește și numărul celor implicați crește, de la antipatica Ecaterina Sofron la familiile Drăgușin și Dimitrescu.

Cine este doamna din congelator? Ce legătură este între toți destinatarii coletelor? Acestea sunt ițele pe care inspectorul Dinu Mănescu, zis și Milord, trebuie să le descurce ca să descopere criminalul sadic.